公佈欄
我是科學小飛俠
劉日羲◎著
封面插圖◎超感動

主要人物：

金其芳　大洋國小六年級學生　12歲　女

大洋國小這一屆全校模範生第一候選人，家長、老師、鄰居眼中兼具智慧與美貌於一身，並且比男孩子還剽悍的白河鎮鎮長孫女。初中考試前，所有人都期盼她能考上第一省中，光耀門楣。

莊友彰　大洋國小五年級學生　11歲　男

鎮長家長工的孩子，也是和金其芳一塊兒長大的青梅竹馬。和爸爸得聽命於鎮長一樣，莊友彰活像金其芳的小跟班，總是對她言聽計從。

古又武　大洋國小六年級學生　12歲　男

永遠在課業各方面輸給金其芳一名，鎮裡最有錢的機械工廠老闆長子。對於輸給金其芳，古又武並不感到懊惱，相反的他對金其芳特別有好感，偷偷暗戀她。可是就連他自己也不知道怎麼回事，每次遇到金其芳卻又總忍不住會和她吵架。

古又文　大洋國小二年級學生　8歲　男

古又武的弟弟，繼承了父親善於製造器械的優良基因，從小就非常喜歡組合東西，這方面的天賦就連成績優異的哥哥也比不上。

金榛榛　第一大學心理學研究所博士生　26歲　女

金其芳的遠房堂姊，表面上是帶著博士論文來到白河鎮這樣的鄉下寫作，實際上是因為研究遇到瓶頸，為了躲教授而來到此地。

呂阿台　大洋國小體育老師　33歲　男

帥氣的體育老師，孩子們的偶像，33歲卻有23歲的外表，13歲的體力。十分愛護孩子們，可是因為頭腦不是很好，所以總是逃不過孩子們的惡作劇陷阱。

目次

公佈欄

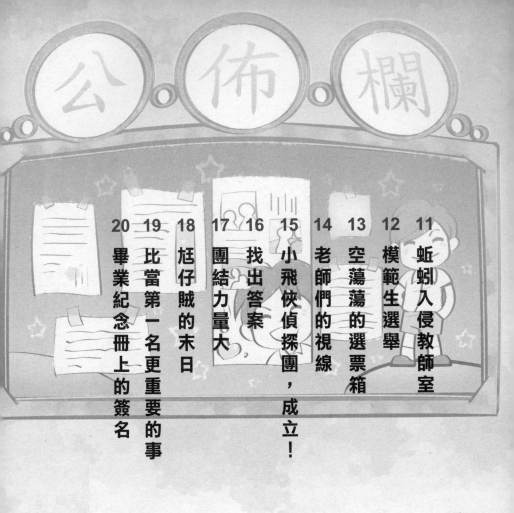

第一章 天才少女

操場中央綠綠的青草地，這裡是孩子們的天堂。操場不大，但草地充滿生命力，孩子們躺在草地上，懶洋洋的曬著太陽，這時正值夏天的尾巴，秋天的氣息才慢慢襲來，對孩子而言這已經是一種莫大的享受。

「噹噹……噹噹……噹噹噹噹……」，上課鐘聲響起，孩子們心不甘情不願的放下好不容易搶到的鞦韆，跳下溜滑梯，往教室移動。本來在曬太陽的孩子們，也只得起身，拍拍黏在衣服上的小草，回去好像永遠有瞌睡蟲住在裡頭的教室。

金其芳，她那張秀氣的瓜子臉在陽光底下顯得更加閃耀動人，她動也不動的躺在草地上，像是沒有聽見鐘聲。

和金其芳同樣就讀六年一班的同學古又武，身為班長，他見到金其芳還躺在草地上，沒有要進教室上課的意思，盡責的往金其芳走去。

「金其芳，上課了，快點進教室！」古又武擺出班長架子，沒好氣的說。

金其芳微微睜開雙眼，略帶咖啡色的瞳仁，有股攝人的火焰。古又武的視線與金其芳的視線交會，不自覺的撇過頭去。

「辛苦了，班長先生。」金其芳雙手墊在腦袋瓜底下，沒有要坐起來的意思。

古又武見金其芳依然故我的樣子，有點惱火，說：「金其芳，快點起來，妳不要仗著自己去年拿了五年級模範生就這樣。」

「這樣是怎樣？」金其芳看著古又武，好似不理解古又武為什麼要對她說這些話。

「那個成語叫什麼……目……對！目中無人。這個成語就是在說妳，快給我起來進教室上課。」古又武最喜歡摺成語，雖然剛才一時緊張，但最後還是按照慣例將成語加在他說話的語句中。

金其芳見古又武講話老是帶著成語，就連叫她進教室也不例外，輕輕的笑了笑，坐在草地上伸了一個大懶腰。幾根青草掛在她一頭烏黑的過肩長髮上，倒像是增添趣味的髮飾。

「看什麼看？」金其芳發現古又武出神的凝視著她，對古又武擠眉說。

「快進教室就對了，今天可是這學期第一次上社會課呢！我媽媽說第一節課一定要給老師留下好印象。」古又武不好意思的轉過身，小跑步往教室前進。

他和金其芳從小學一年級同班到現在，一天天看著金其芳成長，而有一點始終不變，那就是金其芳始終是全校最美麗的小女孩。

進到教室，老師已經在教室裡頭開始上課，這節課是金其芳等人升上六年級的第一次社會課。學生不怎麼喜歡這門課，因為社會老師說話的節奏很慢，語調很平，非常有催眠的效果。一個不留神，可能已經睡著，而且連口水滴下來，自己都沒發現。

教社會老師的潘老師是位年過六十，來自山東的老鄉，他過去在大陸就是教書先生，現在到了台灣，還是從事老本行。大多數的老師都得兼任導師，校長和主任因為潘老師年紀大，所以特別允許他不用兼任導師。

「各位同學，翻開課本，我們從上週的進度開始。啊……有沒有同學可以告訴老師上次上到哪裡？」潘老師的記憶力已經不大管用，幾乎每次上課都得問同學進度才能繼續。

有時候同學會作弄他，但大多時候同學不會那麼無聊，因為本來潘老師上課就已經悶到炸了，如果還讓潘老師重複之前上過的課文，那只是讓自己更容易夢周公罷了。

這學期課程進入明代，講到明代這可是潘老師僅次於清代最感興趣的朝代之一。尤其談到宋明理學，什麼朱熹、王陽明的，潘老師自己一個人講得更是興高采烈。

「這個，所謂性即理，所謂月映萬川……」潘老師談起朱熹的理學，一個人評點起來。

古又武坐在教室中間第一列，這是他的老位子，他總是希望自己能夠在最能聽清楚老師上課內容的位置，跟老師互動。他的目標只有一個，就是取代金其芳成為全年級第一。

可是，這個任務可不簡單。從小學一年級到現在，每年的第一名都給金其芳拿走，他永遠只能當老二。

金其芳坐在教室右手邊第五列靠窗的位子，她喜歡看著窗外，尤其是教室外頭那一排油桐樹，隨著夏去秋來，油桐花幾乎凋謝一空。可是今天的天空很湛藍，即使從枯枝看出去也很讓她開心。

潘老師注意到金其芳不專心，他知道這個孩子比其他人都聰明，但還是忍不住想挫挫她的銳氣。咳嗽一聲，說：「其芳，什麼叫做『月映萬川』啊？」

這個問題課本上根本沒寫，純粹是潘老師因為講到朱熹太興奮的脫稿演出。

金其芳連瞄都不瞄一眼課本，她心底清楚沒有這一段。這學期的課本她在開學第一天就已經讀完了，每天課餘時間她都在看自己的書。儘管如此，這個問題她還真不知道答案。

不過，現在不知道不表示等一下不知道，金其芳試故作鎮定的問：「老師，要回答一個問題，首先得釐清問題究竟在問什麼，對嗎？」

「當然。」

「好，那請問您說的月是哪一個月呢？」

「月指的當然是我們頭頂的那個月亮啊！」潘老師覺得金其芳的問題根本是廢話，高聲道。

「謝謝老師，我現在知道您問題中的月指的是什麼了。那麼……老師，那您所說的萬川又是哪幾條川呢？」

「這……萬川是虛詞，指的是眾多、許多的河川、湖泊，並沒有指特定的河川。」

「原來如此，那麼月亮是同時映照在許多河川上嗎？」

「這個……自然是了，朱熹所謂萬物都離不開一個理字兒，萬物之中皆有理啊！」

「那我有問題！朱熹那個年代應該不知道地球是圓的，因為月亮根本不可能同時映照在地球的每一處。當一處是白天，另一處便是黑夜，不是嗎？如果這麼說的話，這個比喻根本不能用在全部的事物上。」金其芳斬釘截鐵的說。

「這、這個……」

其實潘老師也大略的瞭解金其芳所說的根本是轉移話題的詭辯，可是他也沒法子一下子把金其芳的回答給釐清，一時之間不知道該怎麼回應，便讓金其芳坐下。

說也奇怪，明明不是很專注在課程上，金其芳卻總是有辦法很快的瞭解老師上課的內容，還能舉一反三。這個總是在考試的時候讓全校老師信服的天才學生，不但在校內大家都認識，大洋國小所位於的白河鎮，更是家家戶戶都知道鎮長家有個非常聰明，每次都考全校第一的孫女。

金其芳吐吐舌頭，心裡嘀咕：「又讓我矇混過了一關。」

古又武見金其芳從潘老師的逼問中逃了出去，內心對於潘老師的表現感到失望，暗叫：「唉！又讓金其芳給逃掉了。」

其他同學被金其芳這樣對老師一鬧，都醒了過來，潘老師見有這麼一個意外的收穫，也就沒繼續提出其它問題，繼續上他的課。

古又武不甘示弱，回頭瞧了金其芳一眼。金其芳見古又武的表情一副不以為然的樣子，倒也不生氣，反倒回應淡淡的微笑。

古又武被金其芳突如其來的微笑搞得自己微微臉紅，不好意思的低下頭。

古又武經常覺得自己沒有道理一天到晚輸給金其芳，因為自己理當比金其芳認真的多，可是每每到了考試，自己就是只能排在金其芳後頭。可是，想到金其芳他卻無法生氣起來，只是經常氣自己的表現不夠好，沒辦法打敗她。因為每次想到金其芳，古又武的心中都會有一股甜甜的味道。

現下，古又武想到金其芳，專注力神遊到教室以外。

「古又武……古又武！」潘老師見古又武低頭不知道在做什麼，叱喝了兩聲。

古又武這才從神遊當中醒過來，趕緊起立並舉手喊：「有！」

同學們見到古又武先是發愣，不理會老師的叫喚，現在又突然站起來舉手答「有」，紛紛笑出來。本來從微紅變回膚色的臉，這下子又變得滿臉通紅。

「下次不要再這樣了，坐下吧！」

潘老師見班上兩個頂尖學生今天都不在狀態，無奈的請古又武坐下，繼續上他的課。

碰了一鼻子灰，潘老師深深覺得今天實在不是一個適合教書的好日子。

公佈欄
第二章
中秋夜

白河鎮一年中有三個重要的日子，一個是農曆新年，家家戶戶會懸掛國旗，由白河鎮長老金帶領鎮公所的幹部們家家戶戶拜訪鎮民，順便發放年糕和臘肉。

第二個重要的日子是國慶日，這天也要懸掛國旗，並且每年都會有不同的活動。老金擔任白河鎮長，一做就是八個年頭，去年熱熱鬧鬧舉辦過白河鎮愛國歌曲比賽，還登上了報紙的地方新聞版面，很是給足他面子。

第三個重要的日子，就是中秋節。

中秋節會有好吃的月餅，而且沒有春節的寒冷，以及國慶日的嚴肅氣氛。中秋節不需要懸掛國旗，更棒的就是在夜晚，鎮民們一邊賞月，一邊烤肉。

想到烤得油滋滋的豬五花，以及帶有微焦的香腸……一道道美食讓孩子們開學的第一個學期，家長和老師們能夠以中秋烤肉當作誘因，讓孩子們暫時按捺住想要奔馳的心，把心思放在功課上。

「如果不好好上課，今年烤肉就不帶你去囉！」有些家長說。

「老師指定的作業有沒有做，沒做的話我就跟你媽媽說，叫你今年中秋節在家看家！」有些老師說。

本來沒有什麼大不了的命令句，都因為想要烤肉的欲望，頓時產生很大的作用。

今年中秋節適逢禮拜五，加上學校善體人意的實施了禮拜六彈性放假，這意味著會有連續三天的假期。中秋節的前幾天，六年一班的孩子們都在討論著禮拜五中秋夜的活動。

班上主要有幾個小團體，其中一大群以女生為主，好幾位女同學圍繞金其芳。

班上同學都知道她會有很多鬼主意，而且身為鎮長孫女的同學，中秋夜可是有機會能夠到金其芳家分享到鎮長家豐盛的烤肉饗宴。

金其芳對烤肉這件事不怎麼感興趣，對她而言，烤肉不是什麼多好吃的東西。

在物資缺乏的年代，相對一個禮拜可能只能吃一次肉的普通家庭，金其芳家幾乎每天都有肉吃。

另外一個小團體以男生為主，圍繞古又武，他總是熱心的幫同學們出主意，並且古家經營機械工廠，是全鎮最有錢的家庭。真要說起烤肉的陣仗，那和鎮長家相比可以說是有過之而無不及。

其它還有一些小團體，但大多零零散散，他們還是靜靜的等候著班上兩位風雲人物，金其芳和古又武的意見，然後再決定自己要依附在哪一邊所主辦的烤肉盛會。

古又武和一群男生興高采烈的討論著，他以一位領導者的姿態對男生們說：「我爸爸說今年會有幾位山上原住民朋友下山來看他，聽說會有一隻大山豬要拿來作成烤乳豬。」

提到山豬，古又武雙臂伸展，模擬山豬的大小，男生們聽到有山豬可以吃，口水都快流下來。

「太棒了，那今年一定要去班長家烤肉！」

「我也是，我也要去班長家。」

「也算我一份。」

男生們七嘴八舌的，紛紛舉手要參與古又武家的烤肉會。

一年之中難得有這個機會可以好好飽餐一頓，沒有顧忌的吃上半年份可能都還吃不到的肉。

古又武宣傳自己家主辦的烤肉，越說越大聲，其他還沒決定要去哪裡的同學漸漸聚集過來。

古又武有點得意的望向金其芳那邊，金其芳和幾位女同學平靜的聊著，沒有特別有興趣的樣子。

「金其芳，你阿公家今年沒有什麼『司貝秀』的嗎？」

最近除了成語以外，因為開始補英文的關係，古又武偶爾會撂上幾句英文。

金其芳沒有理會古又武對她耀武揚威，十足挑釁的模樣。倒是身邊幾位女同學看不下去，對古又武回擊說：「班長你幹麼這樣說話，烤肉開開心心的不是很好嗎？」

「對啊！山豬有什麼了不起的，油膩膩的都不知道是吃肉還是在吃油。」一位女同學邊說，邊做出感到噁心的表情。

古又武正想回擊，教室外傳進一個稚嫩的小男生聲音：「是special，不是司貝秀。」

朝聲音的方向看過去，古又武只聽到聲音好像從背對門口方向的男生身後傳來，他踮起腳尖看了半天，沒見到是誰說話。這時，從同學們的夾縫中，鑽進一個比大家都矮了至少一個頭的小男生。

進來的小男生是就讀二年級，古又武的弟弟古又文，古家就這兩個寶貝兒子，哥哥又武成績一直名列前茅，但是弟弟又文比起哥哥，頭腦更是好得不得了。只是哥哥比較外向，喜歡群體活動；弟弟則是個悶葫蘆，大多時間都花在讀自己有興趣的書，尤其喜歡研究機械。

沒顧慮場合，聽到哥哥不標準的英文發音，古又文不客氣的指正。古又武有點尷尬，拉著弟弟到旁邊說：「弟弟，你怎麼來了？」

古又文把家庭聯絡簿交給哥哥，說：「你忘記帶聯絡簿，拿去吧！」

「謝謝。」

古又武很愛弟弟，見弟弟是為了拿東西給自己，方才有點不好意思的感覺一掃而空，對弟弟說。

這個早上，六年一班的訪客還真不少。

才來了一個古又文，又來了一個外表沒有古家兄弟體面，卻有一股英氣的男同學。

「小姐！」

「友彰？」金其芳停下和朋友們聊天的動作，往教室門口看。

來的人是比金其芳小一歲，就讀五年級的莊友彰，他對金其芳畢恭畢敬的，拎著一個便當站在教室外。

「你幹麼不進來？」

「我……沒關係，小姐妳就出來拿吧！這是妳媽媽要給妳的便當，妳忘記拿，所以她叫我拿給妳。」莊友彰對金其芳很是恭敬，就像一個下人在對雇主說話。

「我今天不想吃便當，所以我沒帶。」金其芳說，接著道：「如果你想吃的話，就拿去吃，沒關係。另外，我不是說過不要叫我『小姐』嘛！」

「我知道了，小姐。」莊友彰改不了口，還是稱呼金其芳小姐。

「真是搞不過你。」金其芳聽莊友彰直楞楞的覺得好笑，走到教室門口接過便當。

「不好意思，我實在不習慣，改不了口。」莊友彰摸摸頭，靦腆笑著。

從莊友彰有記憶以來，爸爸一直擔任負責白河鎮清潔的工友。他從小見爸爸對鎮長的態度是怎麼樣，自己就跟著對鎮長家人用一樣的態度交往。從小他

就經常見到金其芳，可以說是打彼此有記憶以來就認識的朋友。可是兩家人的背景相差懸殊，所以他們不是地位相等的朋友，倒像是小姐與跟班。

但是莊友彰不覺得當金其芳的跟班有什麼不好，相反的他喜歡跟在金其芳身邊，因為金其芳很美麗，而且對他也很客氣，從以前就經常會分享一些他平常接觸不到的東西，像是漂亮的彈珠、好吃的桂花糕等等。

「那我走了。」

「等一下，中秋節會來我們家烤肉嗎？」

「會，我們全家都會去。」

「那就好，今年我阿公有準備秘密武器，你明天來就知道了。」

「秘密武器？聽起來很好吃的樣子，是什麼啊？快說！」

金其芳笑嘻嘻的把手拱起來，在莊友彰耳邊小聲說。莊友彰聽了笑出來，回道：「真的假的，我從來沒吃過那個，太棒了。」

其他同學聽見金其芳那邊好像有什麼有趣的東西，慢慢往她那邊移動，都想聽看看金其芳家明天會有什麼比山豬更吸引人的烤肉材料。

古又武見金其芳和莊友彰狀甚親暱的樣子，默默的偷看，還側耳聆聽。

古又文見哥哥心不在焉的樣子，朝他視線方向看過去，當下明白哥哥的心意，輕輕捏了哥哥的腰，說：「哥，你喜歡那位姊姊啊？」

「小聲一點！」

古又武被弟弟突如其來的話嚇到，深怕被其他同學聽見，趕緊摀住弟弟的嘴巴。

公佈欄
第三章
討厭鬼

「我回來了。」

金其芳走半個小時的路，終於回到溫暖的家。今天的課程特別無聊，一天還沒過完一半，就已經期待著放學。

拖著疲憊的身子，金其芳走過前院，打開家門。她家是日式兩層樓的木造房舍，黑色屋瓦搭配充滿木頭香味的建材，有一股淡雅的風味。

「奇怪？」平常只要喊「我回來了」，就會有幫忙打掃、煮飯的阿姨會過來笑吟吟的跟她打招呼。碰上阿公或爸媽在家，他們也會出來迎接，可是今天屋子裡頭明明有人的聲音，卻沒有人理會她。

金其芳有點疑惑的朝屋裡走，經過玄關，就聽見客廳傳來電視和人們的說笑聲。

「阿公、爸爸，你們都在家啊？」金其芳見到長輩，有點撒嬌的說。

「其芳回來了，哎唷！我怎麼剛剛都沒聽見。來來來，讓阿公給妳抱一個。」

「咦！那是……」

金其芳指著和阿公與爸爸坐在一起，穿著跟地方的人不大一樣，頗為新潮，戴著黑色粗框眼鏡的年輕女子說。

爸爸對金其芳說：「妳忘了嗎？這是妳叔公的二兒子，住在台北的女兒，論輩份應該算妳堂姊榛榛。來，叫堂姊。」

「堂姊。」金其芳對金榛榛客氣的說。

「我在家經常聽長輩們提到妳呢！大家都說妳是聰明伶俐的孩子，不管學什麼都學得很快，是位小才女。」金榛榛摸摸金其芳的頭，對她說。

「堂姊是來我們家玩嗎？」金其芳轉頭對爸爸問道。

阿公聽到金其芳的問題，開心的說：「榛榛堂姊這一次來可是要在我們家住一個禮拜，這下妳可有個大玩伴了。」阿公本來以為孫女聽了會高興，但金其芳的反應很冷淡。

「我先回房間了。」金其芳淡淡的說。

回到房間，金其芳把書包往地上一放，整個人攤在床上。

「堂姊……」金其芳回想金榛榛的樣子，有點無法想像多了一個大姊姊生活在家裡頭的情景。

從小她就是家裡頭唯一的孫子輩兒，上至阿公、爸爸與媽媽兩邊的親戚，下至來家裡幫傭的阿姨、叔叔都對她很客氣。在家中的地位，金其芳就像是位小公主。

儘管她不是一位驕縱蠻橫的公主，可是世界彷彿都繞著她在打轉，所有好的東西都只有她一個人能享受。

一直以來，跟自己最好的朋友就是莊友彰，但那畢竟不是家人。現在家裡多了一位跟自己年紀相近的朋友，金其芳左想右想，決定還是要跟堂姊好好相處。

算算時間，該是自己最喜歡的卡通「科學小飛俠」要播放了。金其芳稍微整理一下，換上輕便的居家服，從二樓房間走下來，結果她想要好好跟堂姊相

處的計畫馬上就面臨挑戰。

「哈哈哈……真好笑！」

堂姊側躺在沙發上，一邊看電視的綜藝節目，一邊伸手拿起茶几上的橘子，剝了幾片塞進嘴裡。不小心嘴裡噴出幾滴橘子汁，落在沙發和地毯上。

金其芳見了，內心不禁有感而發的說：「堂姊第一印象看起來很有氣質，怎麼現在好像變成另外一個人似的。」她想，這裡可是我家，怎麼會有人這麼不愛惜家裡頭的沙發和地毯，而且一個女孩子像個男人似的躺在沙發上看電視，還大聲笑，這實在太沒禮貌了。金其芳想要禮讓一下堂姊，只得忍住想看卡通的欲望。

更何況，沙發上那個看電視最佳的位置，可是金其芳平時的王座，任誰都不能跟她搶。

看在是遠房堂姊的份上，金其芳勉為其難的把心中一股怨氣忍耐下來，她想可能堂姊太累了，才會那麼沒有規矩，過陣子應該就好了。

顯然金其芳想得太美好了，連續幾天她的王座都被金榛榛佔據，而且每天回家都會聽見她比男孩子還爽朗的笑聲。

同住一個屋簷下期間，金榛榛住在客房，客房就在二樓金其芳房間隔壁。本來十點不到就會就寢的金其芳，這幾天則是每晚都會聽見一牆之隔的堂姊，晚上可能因為讀小說的關係，不時發出的感嘆聲和笑聲，害得她沒能睡好覺。

經過幾天疲勞轟炸，金其芳上課顯得很沒有精神，偏偏禮拜三早上第一節就是非常需要有精神和體力的體育課。

體育老師是位皮膚黝黑，長得非常精悍，一身結實肌肉的呂阿台。他有一半阿美族，一半閩南人的血統。

在學校無時無刻總是能見到他精力充沛，在操場上指導學生進行體育活動的身影。儘管已經年過三十，長年鍛鍊使得他看起來有如二十歲出頭的年輕人。

做完體操，開始孩子們最喜歡的躲避球課。平常很活躍的金其芳，今天只

能無精打采的坐在場邊觀戰，呂阿台見了，過去關心道：「其芳，怎麼不跟大家一起打球？妳不是向來都能跟男生打成平手的嗎？看！妳的隊友今天少了妳，看來要被屠殺了。」

「老師，我身體有點不大舒服，今天可以讓我坐在場邊就好嗎？」

「可以、可以，妳好好休息。」

金其芳也想玩球，尤其躲避球能夠讓她有機會給一些討厭的男生一點教訓。

她看著同學們玩得不亦樂乎，無奈的嘆了一口氣。

「其芳，球！」

球場內一位同學對金其芳說，一顆球滾到她的腳邊，他要金其芳把球傳過來。

金其芳拾起球，想起堂姊那討人厭的嘴臉，一股怒火從心底衝了上來。怒火化作驅動肌肉的動能，彷彿堂姊就在球場上，就是她要打擊的目標。

「討厭死了，人家想看科學小飛俠啦！」

金其芳用了全身的力氣，把怒氣投注在躲避球上，往同學叫喚的方向丟過去。

驚人的球速「咻！」的飛來，誰也不敢接。好死不死，古又武在球場的另外一邊正在和同學們聊天，沒有留神場上的情況，被金其芳這充滿力量的一球打個正著。

古又武倒在地上，眼冒金星。呂阿台見這球威力十足，丟得又準，忍不住鼓掌，只是有學生受傷，他忍住不敢叫好。

放學後，金其芳心底計算著，堂姊住在家裡的日子已經過了一半，只要再忍耐三天半，就能從惡夢中解脫。

可是當金其芳走進家門，她沒聽見電視聲，也沒聽見大人的說話聲，她想：「難道堂姊提早離開了？」她抱著期望的心走進客廳，結果卻見到堂姊抽抽噎噎的，正在哭泣。

「堂姊，妳怎麼了？」金其芳動了惻隱之心，放下書包，坐在堂姊身旁握住她的手說。

「沒有什麼。」

「妳看起來不像是沒有什麼的樣子。」

爸爸走進客廳，手上端著一杯熱茶，原來其芳的爸爸在家，只是剛剛跑去飯廳泡茶。

他端給金榛榛，對她說：「唉！你們教授也太過分了，竟然跟妳說要是論文寫不出來，就不要回學校。叔叔是沒唸過幾年書，但我也知道寫作這種東西又不是搓湯圓，輕易就能勉強自己寫出來。」

聽到這裡，金其芳意識到一件她原先不敢想的變化。

其芳爸爸接著說：「妳放心，妳就在白河鎮好好寫論文，白河鎮雖然比不上台北，但這邊環境清幽，非常適合靜下心來好好思考、寫作。榛榛，妳只管寫，我們家那麼多年就出妳一個念研究所的高材生，我們全家都支持妳。」

「真的嘛！謝謝叔叔。」金榛榛眼淚都還沒擦，抱著其芳爸爸，很是感動。

金其芳輕輕戳了爸爸一下，爸爸回過頭，她對爸爸問道：「所以榛榛堂姊要繼續住在我們家囉？」

「對啊！妳應該很高興吧！堂姊要陪妳好一陣子了呢！」金其芳默默拿起書包，回到房間。

從一樓就能聽見樓上金其芳的房間傳來「砰砰」一聲。

金其芳不敢相信自己聽見的，本來以為即將要解脫的生活，竟然要無限期延長。

她在房間又蹦又跳，只差沒有放聲大叫，只能在心裡吼著：「我不要！」

公佈欄
第四章
千金與跟班

擔任鎮長的阿公站在門口迎接從傍晚天還沒黑，陸續前來參與活動的鎮民們。

幾位婆婆媽媽拿著蔬菜到河邊清洗，男士們幹起粗活兒，在前院用磚頭和鐵絲網架起兩公尺長的簡易烤爐。

一切準備就緒，就等天色一黑，月娘賞臉，熱鬧的烤肉活動旋即開始。鎮長家院子裡外都是鎮民們的嘻笑聲，這個闔家同樂的機會，每每能夠讓全鎮人們的心又聚在一起。

期待好久的中秋夜，金其芳沒想到今年會多了榛榛堂姊這位不速之客。她一反常態，不下樓和大家同樂，而是一個人關在房間裡。

金其芳拿出平常愛不釋手的《福爾摩斯探案》和《亞森羅蘋》，東翻翻兩頁，西翻翻三頁。

窗外下方就是鎮民們的寒暄聲，還不時傳來金榛榛特殊的笑聲。金其芳根本看不下書，也不想看書，她真希望福爾摩斯和亞森羅蘋跳出來，一個幫她出

計獻策，看要用什麼方法才能把堂姊這個大瘟神送走。如果智取不行，那就交給亞森羅蘋把堂姊給綁架算了。

想來想去，除了把自己搞得很累，金其芳一點辦法也沒有。躺在床上，她無奈的看著天花板，心想：「為什麼我那麼倒楣？」

「砰砰」，有人輕輕敲著房門，金其芳整個人正襟危坐起來，她想可能是爸爸或媽媽想要叫她下去一起跟大家同樂，但她只想逮住這個機會跟爸媽抗議一下。

「門外是誰？」金其芳故意用滿不在乎的語氣問道。

「小姐，是我。」門外頭不是爸爸，也不是媽媽，而是金其芳最熟悉的好朋友莊友彰。

「是你啊……」

金其芳見是莊友彰，打開門讓他進來。莊友彰還是老樣子，說什麼也不敢輕易踏進金其芳的閨房。

「小姐，下樓來跟大家一起烤肉吧！今天鎮長有準備好多好吃的肉，有豬五花、豬大腿肉、豬頭皮，還有豬舌頭。對對對，還有那天小姐說的秘密武器筊白筍。」莊友彰說得口沫橫飛，好像這些東西他都已經吃過一樣。

「呵！你就不怕吃那麼多豬肉，自己變成一頭豬。」金其芳聽莊友彰說了一連串關於豬的詞彙，發笑說。

「如果變成豬好像也不錯，豬一天到晚都被餵得胖嘟嘟的，好像很幸福的樣子。」

「你沒聽過有一個哲學家說：『與其做一隻滿足的豬，不如當一個不滿足的人。』看來這句話對你來說根本不成立，因為你想當豬勝過想當人。」金其芳伶牙俐嘴的說。

「哲學家？哲學家是幹嘛的？我只聽過畫家、音樂家，就是沒聽過哲學家。」

「哲學家，哎唷！反正跟你說你也不懂。」

「對不起，小姐，我真的很多東西都不懂，請妳見諒。」莊友彰怕金其芳生氣，趕緊道歉。

「你幹嘛老是畏畏縮縮的，抬頭挺胸才像個男人！」莊友彰那懦弱的模樣，金其芳看不下去，對莊友彰厲聲說。

莊友彰不知道該說什麼，只得站在原地傻笑。

「算啦！」金其芳想莊友彰這德性大概是沒救了，也不勉強他。見莊友彰不願意進房間來，索性自己走出去。

「小姐，你終於要下樓來跟我們一起烤肉了嗎？」莊友彰欣喜的跟在金其芳後頭，在樓梯上說。

金其芳回頭對莊友彰拉了一下左眼的下眼皮，吐舌頭說：「我才不要，我要出去走走。」

「啊！我也去。」

金其芳帶著莊友彰，沒有從前門出去，她想前門現在一堆子人，而且過去肯定又要被爸爸和阿公攔住，要她吃這個、吃那個的。

於是帶著莊友彰從後門出去，走過後院的小石板路，然後再沿著竹籬笆，離開自己家。

莊友彰也不問金其芳要去哪兒，他只是跟著，就像一位盡責的保鑣。

金其芳帶著莊友彰，他們走在兒時便經常遊玩的大排水溝，排水溝橫亙過鎮，與外頭從山上下來的一條小溪連結在一起。這條小溪溪面不寬，約莫十多公尺，但溪水終年清澈。

早年來到這裡開墾的先民們倒是把小溪說得誇大了，把溪說成河，這就成了白河鎮鎮名的由來。

夜晚，白河見不到清澈的底，可是溪水依舊藉由將月亮忠實的映照而反應出自身的潔淨。

金其芳坐在溪畔，拿起一塊小石子，對莊友彰說：「你還記得以前我們經常順著排水溝，到溪邊玩水嗎？」

「記得，我還記得小姐妳好厲害，每次跟妳比賽打水漂都是我輸。」

「你也有贏我的啊！記得每次比賽誰大肚魚抓得多，我每次都輸給你。」

「我現在比較少抓大肚魚了，因為大肚魚不能吃。我現在偶爾會跟爸爸到溪邊抓一些溪魚、小蝦，運氣好的時候現場抓了就能夠在岸邊烤來吃，吃完就解決一餐。」

「為什麼每次聽你說起你的生活，我都覺得你的生活好快樂喔！」金其芳羨慕的說。

莊友彰沒想到會有人羨慕他，而且還是他最欽佩的小姐，趕緊說：「沒有啦！我的生活就……就那樣啊！」

金其芳見莊友彰又開始慌了，將手上石頭往水面扔過去，恰到好處的力道與弧度，石頭在水面「答、答、答、答、答」，彈了五次才沉進溪底。莊友彰見了，在旁邊拍手叫好。

「我們來比賽打水漂吧！」金其芳撿起兩枚石子，把其中一枚交給莊友彰，說。

「小姐，我肯定打不贏妳。」

「你別老是對自己沒自信的樣子。聽我說，這世界上的事情一定要試過才知道。」

「一、二、三。」

莊友彰和金其芳數到三，同時將手中的石子拋出去。當年那個比金其芳矮一個頭的小男生，現在已經長得快要比金其芳高了。但是莊友彰還是當年那個莊友彰，還是金其芳身邊那個忠實的小跟班。

一場打水漂比賽，在靜謐的夜空底下展開。莊友彰和金其芳，兩人比賽半天，戰績是金其芳絕對壓倒性的勝利。

就當比賽進行到一半，莊友彰聽見附近的草叢傳來「簌簌」聲，他右手食指放在嘴唇上，要金其芳安靜。

「怎麼了？」金其芳壓低聲音說。

「好像有人過來了。」莊友彰一指身後樹林，兩人躲進一棵大樹後頭。

草叢中走出三個男生，金其芳一看，都是她班上的同學，其中一個她認得，正是老愛找她碴的古又武。

三個男生挺著大肚子，一副吃得再飽不過的樣子，坐在溪畔聊天。

「今天吃得好飽喔！」古又武挺著大肚子，氣喘吁吁的說。

「又武，你爸爸今天拿出來的烤乳豬超棒的，一不小心就吃到肚子圓了一大圈。」

「對啊！明年我還要去你們家吃烤肉。」

「那有什麼問題。」古又武拍拍胸口，對兩位朋友得意的說。

一位男生見到地上的石子，對身旁兩人提議說：「我們來玩打水漂怎麼樣？」

「好啊！」古又武附和著，然後說：「但是只有玩沒意思，我們來比賽吧！」

「要怎麼比？」

「我們每人丟三次，誰丟的水漂彈最多下就算贏。」

「贏了有獎品嗎？」

「贏了……」三個男生說到這裡，都停下來思考該以什麼為賭注才能讓比賽更刺激。

「這樣吧！贏了沒有獎品，可是輸了要有懲罰。」

「那要懲罰什麼呢？」

「嘿嘿……輸的人要被贏的兩個人丟進溪裡洗澡。」一位同學想到這個點子，自己一邊說，一邊笑。對於自己想到的答案，還沒開始玩就感到非常有趣。

「好！一言為定。」

三位男生說定後，在地上先是努力尋找比較平且圓，形狀像是小碟子般的石子。

比賽開始，金其芳和莊友彰看傻了眼。

三位男生打水漂的技術簡直不能用爛來形容，應該說他們與其說是在打水漂，不如說在拿石頭往溪底扔。

三人丟過兩輪，最厲害的人也只有讓石子在水面彈起區區兩次。比賽結果，證實古又武功課再好，運動方面還是屬於弱雞一隻。

「哈哈！古又武最輸，打水漂最多才彈起一個。」獲勝的男生拍手說。

「這不算啦！」古又武想要耍賴。

兩位男生見古又武想要逃跑，擋住他的去路。

古又武才不願晚上天有點冷的時候被丟進溪裡，說什麼都不願意讓兩位友人執行比賽的懲罰。

金其芳見古又武那副孬樣，對莊友彰說：「小姐的命命你都會聽吧？」

「當然！」莊友彰用力點頭說。

「好……」金其芳想到鬼點子，在莊友彰耳邊命令他。

「這樣好嗎？」莊友彰有點為難，向金其芳確認說。

金其芳眉頭一皺，莊友彰不敢再問，悄悄從樹林中走出來。

此時古又武還在跟兩位同學拉扯，古又武想逃走，兩位朋友雖然想要執行他們說好的懲罰，可是也不好意思用暴力讓古又武屈服。

正當三人拉扯間，莊友彰衝過來，在兩位男生身後用力一撞，兩位男生順勢撞向古又武，古又武腳底一個打滑，摔進溪裡。

「好冰喔！」古又武屁股才碰到溪水，立即大聲哀號。

金其芳在樹林後頭見古又武那副狼狽的德性，本來不愉快的心情瞬間一掃而空。

第五章 永遠的第二名

俗話說得好：「樂極生悲。」快樂到了頂點，接下來往往就從高峰往下墜，生活開始走入比較辛苦的一段。

接續在中秋節之後，孩子們儘管吃了一肚子的烤肉，卻還是意猶未盡的已經開始為明年的中秋夜預備好一個能塞進更多食物的肚子。在這之前，孩子們得先度過這個學期，就在中秋節後來臨的第一次段考。

對於六年級的孩子來說，六年級的第一次段考意義非凡，這一年的課業壓力比較大，考試也比較多。期中考比過去多了一次，一個學期有兩次，加上期末考等於一個學期要考三次。

但這也是沒有辦法的事情，因為大約十二個月後，便有初中考試。想要更進一步，前往初中就學的孩子，必須要付出更大的努力。

中秋夜，因為和朋友打鬧，掉到小溪裡頭的古又武，弄濕了身子，加上那晚吹了點夜風，當天晚上就感冒不起。第二天因為發燒，在家休息沒有來上課。

鎮裡頭的醫生來幫古又武打針，順便開了三天份的藥，但古又武並沒有改變日常作息，早上六點醒過來，還想去學校上課。倒是媽媽捨不得兒子辛苦，叫弟弟又文替哥哥向老師請假。

去不了學校，古又武索性拿出課本和習題，在書桌做起功課。

媽媽特地將早餐端進他的房間，見到兒子不畏病痛的在用功，心疼的說：「阿武，身體不舒服就乖乖躺在床上休息，媽媽已經叫弟弟幫你請假，所以你不用擔心功課什麼的，等身體康復了再做吧！」

古又武頭還有點昏昏沉沉，但他依舊咬緊牙關，對媽媽的建議輕輕點頭表示自己知道了，繼續寫他的習題。

古媽媽見兒子認真，不忍心阻止，又勸說了幾句，這才退出房間。

到了客廳，正巧古爸爸要出門去工廠上班，今天他出門的時間比較晚，平常都會刻意配合兩個寶貝兒子上學的時間，讓司機開車載他們父子三人，先送孩子去學校，再到工廠去。今天因為老大生病，所以讓司機送又文去學校，自己則是打算悠哉一點，慢慢走過去。

古媽媽向先生擔憂的說：「又武這孩子真是好強，昨天才病得連話都不會說，睡一覺起來馬上又開始做功課。唉！我真擔心他的身體。」

「孩子意志力強，這是好事，沒什麼好擔心的。」古爸爸對兒子十分有信心，持樂觀的看法說。

「老大跟你就是一個樣兒，事情決定了就什麼都不管了，一意孤行的非做不可，真的是父子一對寶。」

「哈哈！這樣不是很好嗎？要是不像我那還得了。孩子堅強一點，以後長大出社會便比較能夠面對社會的險惡。相較於又武，我倒是比較擔心又文。」

「難得我們夫妻兩人會有意見不一致的時候，又文比較文靜、乖巧，我比較不擔心他，我知道他會把事情做好，而且不會做傷害自己的事情。」

「老婆大人，又文聰明、乖巧這我都沒意見，但他話太少了，內向過了頭，我這當老爹的經常不知道他在想什麼。我認為孩子應該要有孩子的樣兒，

要有孩子的生活。像其他孩子都喜歡出去打球、玩耍，他一個人老是喜歡待在房間東摸西摸的，沒事玩積木，老是待在家裡活像女孩兒，這怎麼行呢！」「罷了，罷了，記得以前我媽常對我說：『兒孫自有兒孫福。』我們能夠幫上忙，能夠照顧他們又能有多久。」

外頭古又武的父母為兒子擔憂，房間內古又武對這一切渾然不覺。拼命唸書一方面是自小家裡灌輸給他的觀念，媽媽總是對他說唸書有多重要，爸爸則是告訴他：「唸書唸得好，長大沒煩惱。」但這對他來說都不是他力抗病魔的主要原因，更重要的原因很簡單，他只是不想輸給金其芳。嚴格的說，應該是不想「又」輸給金其芳。

只要有金其芳在的地方，古又武覺得自己就像是月亮旁邊的星星，黯淡無光。大家總是注目著金其芳，都忘了還有一個認真、上進的古又武。不管自己怎麼努力，好像就是比金其芳差一點。

當自己考了九十分，金其芳就能考九十五分；當自己好不容易拿到九十五

分，金其芳就能拿到九十九分，甚至一百分。

「我一定要比金其芳更強，讓她知道我古又武跟她一樣聰明！」在古又武的小小腦袋裡頭，金其芳是自己努力督促自己成長的目標。

大洋國小六年一班的教室，跟古又武中秋夜晚上打鬧的兩個同學，一人頂著一個水桶，在教室後頭罰站。

班級導師湯老師對此很不高興，他可不希望班上重要的資優生因為遊樂而影響了課業。老師們也有壓力，尤其是帶升學班，家長和學校都關注著每年升學班有多少人考上公立第一志願的初中。要是成績不好，老師便得接受家長和學校高層嘮叨。

古又武的位子難得空著，大夥兒倒也沒有受到這個情況影響，還是過著跟平常一樣的日子。

這天早上四節全是湯老師的課，他第一節課唸了一頓，到第四節快要下課的時候還不忘再次提醒全班同學：「初中考試一晃眼就要到了，你們都給我把

皮繃緊一點，不要搞些有的沒的。有那個閒工夫玩耍，不如把時間拿來唸書、寫作業。老師是為你們好，要玩等你們上高中自然可以盡情的參加社團、盡情的玩。」

湯老師拎著課本和教鞭回到辦公室，坐在他旁邊的老師過來和他攀談。

「湯老師，聽說你們班的資優生古又武今天感冒沒來上學，他身子還好吧？」

「就是孩子們打鬧，小事。」湯老師不想沒事還被同事酸一頓，敷衍幾句想要結束這個話題。

訓導主任這時也過來關切，說：「古家兩夫妻可是我們大洋國小家長會重要成員，明年要重新鋪設跑道等等計畫，還有賴他們家大力相助。湯老師，你可要多關心關心又武。」

湯老師明白訓導主任的意思，家長會裡頭盡是些有錢有勢，又喜歡管東管西的家長。但老師們也好，學校高層也好都得罪不起這些捐獻大把銀子給學校的活菩薩。於是便用堅定的口吻表示：「校長，孩子打鬧難免會有些小插曲，我早上已經唸過他們了，未來相信不會再發生這種事。」

「嗯！擔任升學班的導師不容易，如果湯老師有什麼需要幫助的還儘管跟我或其他老師反應，我們會有所『因應』。」

所謂的「因應」，通常意味著要把升學班導師換掉的意思，這話可把湯老師嚇一跳。表面上擔任哪一班的導師領的薪水都一樣，實則不然。

升學班裡頭的學生，背後家長往往大有來頭，而他們巴結老師的功力相對來說也高得多，逢年過節送個禮物什麼的，給足老師裡子和面子。擔任升學班的老師壓力大，但諸如此類額外的好處，還是讓許多有心往上爬的老師趨之若鶩。

「主任，絕對絕對不會再發生問題。我以自己教學近十年的資歷保證，六年一班明年絕對是有九成學生有望拼上第一志願，請您拭目以待。」

「你有信心就好，家長們可都等著看呢！湯老師，我很看好你，你千萬不

要讓大家失望。」

「是，謝謝主任！」

「對了，這次六年級段考，我記得國語科是由你來出。出完之後先送一份給我瞧瞧，沒問題吧？」

「今天放學以前務必會交到您桌上。」

訓導主任拍拍湯老師的肩膀，不知道是鼓勵他，還是把更多重擔放在他肩上。

送走訓導主任，湯老師吁了一口氣。

他打開抽屜，拿出這次自己負責出題的段考國語試卷。大約還有三分之一左右的篇幅，湯老師自己預估大概不到一個小時就能弄好，拿起國語課本和教科書，繼續出題。

寫到一半，湯老師抬頭對坐在他對面，另一排辦公桌，負責出數學、自然和社會的老師們問道：「大家考題都出的差不多了嗎？」

三位老師有的正在用餐，有的正在改作業，聽到湯老師發問，都回覆他們目前的出題情況。

湯老師想，既然訓導主任似乎急著看，乾脆把考試的試卷都給收齊了，一併交給他，也免得訓導主任要跑來一趟，自己可能還要再被唸上一頓。湯老師把自己的想法告訴三位老師，希望大家可以一起把出好的題目一併拿給訓導主任過目。

其他老師覺得這主意不錯，均舉手贊成。

四位老師便在此相約，要在下午四點以前完成出題，然後由湯老師代表交給訓導主任。

第六章 意外延期的期中考

「主任，考卷我已經收齊放在您桌上了。」

湯老師見主任不在座位上，到警衛室一找，果然主任又跑去找警衛先生抬槓。

湯老師向主任報告已經完成了段考考卷的出題，主任忙著聊天，沒怎麼理會他，湯老師見主任沒多說什麼，想他可能已經沒把剛剛說的話放在心上，這才鬆一口氣。

訓導主任跟警衛忙著抬槓，根本沒有注意湯老師說了些什麼，但靠著經驗隱約猜到大概是一些工作上瑣碎的事。

警衛先生好心提醒訓導主任：「主任，剛剛湯老師好像說什麼段考考卷放在您桌上什麼的，您要不要回去看看？」

「出個考卷而已嘛！小事、小事，我們繼續聊我們的。今天晚上到底要去哪裡打麻將，我們先約好了，我再回辦公室。」

放學鐘響，敲響的不只是放學的信號，更是孩子們解除壓力的來源。開心

的事、不開心的事，有的可以帶回家跟爸爸媽媽分享，但對孩子來說，大多數的事情待鐘聲一響也就忘了。

六年一班平常跟古又武感情比較好的同學，尤其是中秋那晚跟他一起玩耍，看他落水的兩位同學，大家相約要去古又武家探問他的病情。

金其芳的好姊妹見班上幾位同學要去，問金其芳說：「其芳，大偉跟阿牛他們都要去古又武家看他，妳覺得我們是不是也應該跟著去？」

「老師也常常告訴我們要關心同學，是不是去一下比較好？」另外一位女同學搭腔說。

金其芳跟古又武從國小一年級同班到現在，也算是有點感情，但她拿不定主意，現在她心煩的事情有堂姊一個就夠了。才踏出校門，莊友彰站在校門口，他已等待金其芳多時。

「小姐。」莊友彰叫住金其芳。

「友彰，你怎麼在這裡？」金其芳本來沒注意，聽見莊友彰叫她，面對他說。

「我有點過意不去，想要去古又武家看看他怎麼樣。」

那一晚，雖然是因為金其芳唆使他惡作劇，但莊友彰並沒有把錯推給最崇敬的小姐，而是覺得自己應該要負起害別人生病的責任。

金其芳聽莊友彰這麼說，也不意外，莊友彰向來憨厚，那一晚她也覺得自己惡作劇的過份了些。於是對莊友彰說：「我和朋友也正在聊這件事，既然你也說要去，我想我們就一起去一趟。」

同學們陸陸續續離開校園，指揮校門口交通的老師和糾察隊隊員見人散得差不多，開始收拾指揮交通用的棒子和器材，準備回家。

訓導主任看今天放學照往常那樣順暢，也回到自己辦公室。

湯老師這時也要回家，臨走前見到訓導主任，不忘跟他提醒一聲考卷的事。

訓導主任覺得出個考題不是什麼大不了的事，畢竟給國小學生的考卷，難度不高，不要脫離課本範圍太遠也就是了。但就工作的義務上，自己還是應該看一看，有點不大甘願的回到位子上。

國語、數學、社會、自然，四科考卷攤在訓導主任桌上。主任喝了一口茶，拿起最上面的那張考卷開始一一閱讀。

「嗯！這題出的不好，太難了。」

「這題可以是可以，但這樣分數攤到每一題上……比重有點不大對。」

訓導主任一邊閱讀考卷，一邊一個人嘮嘮叨叨的。拿起紅筆就考卷上覺得可行的，便打個圈；以為不可行的，便打上叉，活像這些考卷，反倒成了他要批改的作業。

將段考四份試卷都改完，訓導主任將改好的試卷放到負責的幾位老師桌上，收拾行囊準備晚上的節目。

第二天，四位負責出題的老師將訓導主任更正的部份重新修好，然後再次呈給訓導主任確認後，便送交打字行。

那個年代沒有電腦，更沒有影印機，要大量複製文件，便要送打字行，交給專業人士把字打好了，然後再交給印刷工人挑出鉛字的方式，把整個頁面需要的鉛字排好，然後再沾以油墨，把一頁頁白紙印成需要的文件。更早以前則是利用刻鋼板的方式，這就更累人了。

先以蠟紙放在鋼板上，用刻鋼板專用的筆，將字形、行距準確的「寫」在鋼板上。

這種工作耗費時間，更耗費體力。比起後來使用的鉛字，連調整的空間都沒有，不容得出錯。

打字行和附近學校都有聯繫，大家合作久了，也不等大洋國小通知，老闆知道段考時間將至，這天便主動來學校拿考卷。

訓導主任見到打字行老闆，客氣的過去寒暄，這一寒暄又把手上的工作放了下來。

「老馬，好久不見，近來可好啊？」

「好，當然好！有主任關照，怎麼會不好咧！」

「老馬你說這是什麼話，方圓二十公里內就你們一家打字行，大家要印文件什麼的還不是得靠你們，你們這可是獨門生意啊！」

「好說、好說，混口飯吃罷了。話說下週應該就是六年級第一次段考，我是來拿試卷的。」

「呵呵！我就想是什麼風把你吹來的。」

訓導主任對打字行馬老闆笑說，跟著口氣一變，對湯老師吩咐道：「湯老師，把這次要印的考題拿來吧！」

湯老師不敢怠慢，把考卷遞了過來。

訓導主任一看，有點不高興的說：「就這樣拿給人家，萬一掉了怎麼辦，還不快拿個牛皮紙袋，把試題裝進去。」

湯老師心底覺得不高興，見訓導主任對著外人教訓自己人，架子擺得好大，但偏偏是得罪不得的人物，只好乖乖把氣吞進肚子，將牛皮紙袋遞給訓導主任。

訓導主任將四張卷子塞進牛皮紙袋，把繩子卷上密封好了，這才交給馬老闆。

馬老闆接過信封，走之前還不忘對訓導主任說：「晚上我和幾位朋友在廟口的福利餐廳訂了一桌，主任您記得過來跟我們同樂。」

「一定，那就晚上見了。」

在家休養了兩天，古又武又活蹦亂跳的出現在班上，他見到金其芳，故意裝出一副不甘願的樣子對她說：「謝謝妳那天來我家看我。」

「這沒什麼，也不只我一個去，班上同學也都有去。你要道謝，就跟全班同學道謝。」金其芳覺得古又武找她道謝有點怪，冷淡的說。

古又武想要藉機向金其芳示好，卻碰了個軟釘子，摸摸鼻子覺得自己真是蠢，只好裝作沒這回事。

「碰！」湯老師進到教室，把課本重重的往講台上一放。

上課時間到，湯老師走進教室，大家見了湯老師的表情，大家都不敢作聲。有眼睛的人都看得出來，他心情不怎麼好，甚至可以說是惡劣。

「老師有件事情要跟大家宣佈，大家注意聽。」

學生們各個正襟危坐，都在猜測老師要說什麼。

「本來於下週三要舉辦的第一次期中考，因為某些緣故順延一週，請大家抄在聯絡簿上，不要忘了調整後的考試時間。」

「耶！太棒了！」

同學們聽到期中考延後，開心的不得了，因為這樣一來自己又能多了幾天空檔可以不要強迫自己唸那麼多書，寫那麼多作業。

古又武開心不起來，他準備了好長一段時間，就等這次期中考好好讓金其芳見識一下自己的實力，對就在他前面的老師問說：「老師，為什麼期中考要延後？」

湯老師對古又武說：「小孩子不要問那麼多！」

古又武見老師懶得解釋，不敢再問下去。倒是金其芳敏銳的察覺到湯老師的表情有異，心底默默想著究竟是有什麼原因，會讓老師們幾乎不可能會更改的考試時間竟然會在這次破例。

學生們不知道的風暴，在辦公室可是吹得震天價響。

打字行馬老闆和訓導主任來到校長辦公室，在校長面前正吵得面紅耳赤。

公佈欄
第七章
尪仔標

校長室內，訓導主任和馬老闆，兩位男人大聲說話的音量，連走廊盡頭都聽得見。

「我那天明明親手將試卷放進牛皮紙袋，這絕對沒有假的，問題怎麼可能出在我身上！」訓導主任面對校長，指著馬老闆說。

「主任，您這麼說可就不對了。那天我可是因為信任您，連檢查都沒有檢查。今天試卷被掉了包，我從頭到尾可是什麼都不清楚。」馬老闆對訓導主任不甘示弱的說。

校長看著兩人，一位是自己的仰賴的部屬，一位是鎮上的好鄰居，並且是學校多年的合作夥伴。他只能苦笑，不知道該怎麼裁決這件事。

這是大洋國小創校以來第一次，發生段考考卷被掉包的事件。

為了解釋清楚情況，馬老闆向眾人說起自己親自來學校跑一趟拿考卷的經過。

馬老闆說：「那天我來到學校，訓導主任把試卷放進牛皮紙袋交給我，我

沒有檢查就拿回工廠交給工人。工人照著試卷上面的內容把鉛字排好，然後按照學校交代的份數，每一科都印了三百張考卷，整個流程我都親自監督，錯不了！」

訓導主任聽到這裡火氣更大了，說：「那你倒解釋看看，既然你從頭看到尾，怎麼出來的試卷會變成這樣？」

把印出來的考卷往校長桌上一拍，訓導主任指著考卷上頭的內容忿忿的說：「你看看，國語考卷上這是什麼題目：『請問諸葛四郎的好朋友是誰？』……還有這個數學題：『如果旗竿上長了葡萄，請問要用多少公尺高的樓梯才能將葡萄拿下來？』。自然科就更離譜了：『上自然課養蠶，請問蠶可以吃嗎？』……我的老天爺，這是什麼見鬼的題目。就算國小沒畢業，總不會連見到這種莫名其妙的題目，卻連一點分辨能力都沒有吧！」

聽見「國小沒畢業」這五個字，馬老闆可火了。他本身國小沒有唸完就出來工作，儘管現在事業有成，但他對於自己的學歷還是很在意，最不喜歡有人拿這個做文章。

現在聽訓導主任哪壺不開提哪壺，生氣的指著訓導主任的鼻子說：「對，你們師專畢業的最了不起，有本事唸師範大學，何必唸什麼師專，笑死人了。」

「馬老闆你說的這是什麼話？」訓導主任說。

「我說這可是人話，你看咱們校長可是師範大學畢業，幹到校長這可都是真本事、硬底子工夫。」

諷刺完訓導主任，馬老闆不忘對校長笑著說：「校長，您說我說的對不對啊？我在家經常對我們家兩個小鬼表示要向您學習，千萬不要沒那個屁股還要坐那個椅子，把自己摔死可就不好囉！」

「摔死誰？我……我們現在就來摔看看，看是你死還是我死！」

訓導主任和馬老闆在校長室幾乎快要大打出手，幸好外面老師聽到情況不妙，趕緊進來勸架，這才阻止了一場校內的大混戰。

校長叫兩人冷靜，拿起手上四張被改得面目全非的考卷，對他們說：「考題可以再出，既然已經有出過一次的經驗，相信負責的四位老師可以在今天把考題重新出好。不過，我們還是要把搗蛋的人找出來，不然以後可能還會發生類似的情況。」

校長拿起桌上那枚尪仔標，對馬老闆說：「這枚尪仔標你確定是放在牛皮紙袋中的嗎？」

「是，我那天也覺得很奇怪，怎麼從牛皮紙袋中拿出試卷時，裡頭會有這個孩子玩意兒。」

「看來這件事情可能是有心人士的惡作劇，這枚尪仔標或許就是歹徒刻意留下的信號。」校長又說：「馬老闆，可以請你回想一下那天有沒有發生什麼怪事嗎？」

「那天我拿了考卷就直接回打字行，中間沒有經過其它地方。喔！不過我從學校出來的時候，在外頭和一位戴著黑色鴨舌帽的男人擦撞。難道……難道是那個時候……」

「馬老闆不要再編故事了！我聽過有人偷人家的皮夾、偷人家的手錶，還沒聽過有人用這種方式偷考卷的。而且還不是普通的偷，還是把亂搞一通的考卷給換過來。這……這誰會這麼無聊？」訓導主任不以為然的說。

「你們都別吵了，總之這件事情越少人知道越好。主任，你吩咐老師趕快把考卷出一出，今天就交給馬老闆，切莫再延。馬老闆，希望今天拿走考卷的時候，務必再三跟我們主任做確認，以免再著了道兒。」校長將工作清楚的指派完畢，便叫兩人都下去。

雖然校長不希望考卷遭竊的事情傳出去，但人的嘴巴終究是關不緊的。沒多久，校園裡頭出現偷換考卷的小偷一事，傳遍全校師生耳裡。大家都在猜測這位留下尪仔標的歹徒，到底是誰，又到底有何居心。

對於不喜歡考試的孩子們，留下尪仔標的歹徒簡直就是他們心中的神。因為他的出現，使得期中考順延，讓他們又能拖過一段時間，過放學回家能夠玩

耍的生活。

六年一班的同學們，自然趕上這股流行，大夥兒現在下課最火熱的話題就是在討論考卷竊賊。

古又武和同學們討論著，但大家都想不出有誰會這麼大膽，他見金其芳對這件事情還沒發表意見，問她說：「模範生，妳覺得會是誰幹的呢？」

「誰幹的都無所謂，總之我覺得這件事情很無聊。」金其芳不想隨波逐流，說。

「妳喜歡考試嗎？應該不喜歡吧！有人把考卷偷走，妳怎麼看起來一臉不高興的樣子。呵！難道其實妳內心很想要考試嗎？」

「我可沒有這個意思，你不要亂說。」

「好嘛！那妳覺得會是誰做的呢？」

金其芳平時最喜歡偵探小說，房間裡頭的《福爾摩斯》和《亞森羅蘋》的書都不知道被她翻過多少遍。平常她也不和一般女孩子一樣喜歡看小甜甜之類可愛的卡通，而是看像科學小飛俠等講求正義，男生比較喜歡的卡通。她內心也在想著這件事，但她覺得沒有什麼值得討論的。

考卷被偷了一次，老師大不了重新出份考卷，最後還是躲不過要考。既然如此，竊賊偷考卷的意義根本不重要，因為除非他能偷一千次、一萬次，不然還是不能阻止期中考的進行。

除非，竊賊的目的根本就不是為了阻撓期中考。

「對呀！」

金其芳想到這裡，腦中頓時明晰起來。她笑著對古又武說：「你覺得為什麼會有人要偷考卷呢？」

「當然是因為不想要讓考試順利進行。」古又武說。

「不想讓考試順利進行的方法那麼多種，為什麼要挑這種。把考卷掉包風險很高，而且老師可以不斷的出考卷，只要第二次出題的時候注意一點，就不會被偷走了。不是嗎？」

「是這樣沒錯。」

「那麼，小偷要嘛就是個笨蛋，喜歡做些浪費時間的事情，不然就是他有其它的目的，只是我們現在還不知道。」

「妳怎麼知道小偷會有其它的目的，也許他只是覺得能阻止多少次，就阻止多少次。」古又武心底其實贊同金其芳的想法，可是他不想讓自己表現出變得跟金其芳站在同一邊的態度，故意找地方挑出來問道。

「這種可能性也是有的，但我覺得事情不會那麼簡單。」

「是嗎？好，那我們來賭，看到底誰說的對。」

「怎麼賭？」

「我猜留下尪仔標的小偷還會再犯案。」古又武信心滿滿的說。

「那要用什麼當賭注呢？」

「嗯……我想到了，如果我贏了，妳要幫我抄一個禮拜的家庭聯絡簿；如果我輸了，我幫妳抄一個禮拜的家庭聯絡簿。」

「一言為定！」

「不過，我們兩個人想的都一樣，這樣要怎麼賭？」古又武沒好氣的說。

「那你覺得小偷還會再偷一次考卷嗎？」金其芳反問古又武說。

「我覺得會，因為很明顯小偷就是想阻止考試。」

「好，就這一點我跟你賭了。我猜小偷不會再偷考卷，因為他的目的應該不是考卷。」金其芳的微笑，有說不出的沉穩，對於勝負她似乎已經了然於胸。

見到金其芳這麼有信心的樣子，古又武有點退卻，但礙於面子，他還是滿口答應下，這個由他自己提出的賭博。

第八章 國父銅像也遭殃

正如金其芳和古又武所預測的，留下尪仔標的小偷再次犯案。

不過，小偷狙擊的目標並非如古又武以為的是段考考卷，而是另一個更讓人匪夷所思的對象。

段考順利進行後的第一個禮拜一，工友先生早上五點多就到學校展開一天的清掃、開每間教室的門，這些例行性的繁瑣工作。結果才踏進校園，工友先生幾乎被眼前的景象給嚇得當場昏倒。

佇立在一進校門口。那尊下頭承載「天下為公」四個大字的大理石基座，由青銅鑄成的國父雕像，竟然不知道什麼時候被人潑上紅色油漆。就在基座座腳，留下一枚尪仔標。

這可是一件不得了的大事，在這個戒嚴的年代，國父的地位在人民心目中就像蔣公一般非日常人所能親近的對象。

因為有國父才有現在的民主社會，有國父才有大家豐衣足食的生活，教科書裡頭告訴我們國父從小努力唸書，秉持「做大事，不要做大官。」的精神，

是所有大人小孩的榜樣。

被潑上紅油漆的國父銅像，這個事件再也不容許大洋國小校方掩飾，紙包不住火，引起當地警方關切。

繼第一次段考考卷被掉包，大洋國小又開創了新的第一。

上學時間有警察來到學校訪談一些老師和工友，並且拍照記錄。事發至此，除校方和警方，整個白河鎮都知道鎮上出了一個神秘客，專門在大洋國小搞破壞。

一間國小最大的就是校長，但是校長碰上警察，那還是警察最大。

白河鎮警察分局李隊長為了這件莫名其妙的案件，帶著兩位下屬親自跑一趟學校。

警察來到學校查案可不是什麼值得高興的事，李隊長也是大洋國小校友，對於學校發生這件事，他也很關切。

校長請他們一行人來到校長室，訓導主任和第一位目擊事件的工友，以及負責學校安全的警衛先生也都一併入內。

李隊長吩咐兩位下屬拿出筆記本，就案件展開初步的詢問。

「第一位目擊者是今天早上五點多來到學校的工友先生，是嗎？」

工友先生舉手答「有」，然後說：「是的，我早上五點多來學校，一進來就看到國父銅像被潑成紅色的。」

「那上一次你看到國父銅像，還是完好的嗎？」

「是的，我禮拜六中午放學的時候，國父銅像還是跟之前一樣乾乾淨淨。」

「所以歹徒犯案的時間應該是禮拜六晚上或禮拜天囉？」訓導主任聽到這裡，插話說。

校長白了訓導主任一眼，示意他不要隨便說話，畢竟現在主導權可不在自己手上，一切都要以警方的行動為準。然後對李隊長說：「隊長，不好意思，請你們繼續。」

李隊長接著往下問，對警衛說：「聽老師們說，警衛週末的時候也要到校值勤，那麼週末你來值勤的時候有見到什麼異狀嗎？」

警衛先生是位退伍軍人，見到軍警都會喚起他在軍中的回憶和生活習慣，聽李隊長問他話，整個人立正站好，雙手貼齊長褲兩側，大聲說：「報告！禮拜天早上八點到下午五點我在學校值勤，這段期間沒有見到有任何異狀。報告完畢！」

「很好，這樣一來我們對於歹徒可能犯案的時間得到一定程度的釐清。看來歹徒能夠犯案的時間就是禮拜天下午五點之後，直到隔天禮拜一早上五點以前。」

李隊長簡單的說明一下，再次對工友先生詢問：「對了，當天早上你見到國父銅像時，銅像身上的油漆是乾的還是濕的呢？」

工友用力回想著，想到眉頭都快皺成一團，然後說：「乾的。」

「你確定？」

「我確定，是乾的沒有錯。」

「好。」

李隊長從身邊一位下屬那邊拿來一份資料，然後對現場眾人說：「我們已經請警員調查了一下國父銅像身上所使用的油漆，發現只是一般普通粉刷牆面，平光的水泥漆，並且沒有混合松香水。這種油漆要完全變乾至少要半天時間，所以我們往回推十二個小時……」

眾人聽到這裡，左右交談起來，大家都發現這個案件的詭異之處。

如果需要半天時間油漆才會乾，但警衛卻是在禮拜天下午五點離開，那麼當禮拜一早上五點多工友先生見到已經乾掉的油漆，幾乎歹徒只有不到一個小時，甚至半個小時的時間可以犯案。

可是，歹徒真的有可能算計的如此剛好嗎？

這麼一來，事件最大的嫌疑人，便是宣稱最後一個見到完好國父銅像的警衛。

警衛自己也察覺到這件事，並且也注意到大家的目光都投射到他身上，趕緊對大家搖手，說：「我是堂堂正正的國軍好漢，絕對不會做偷雞摸狗的事情。我、我黃二狗子以性命擔保。不！以我和我家祖宗十八代的性命擔保，我絕對沒有做這種傷風敗德的事。」

校長也出面緩頰，說：「這位警衛在本校已經服務五、六年，大家都知道他是個好人，更何況……就我所知上次偷換考卷事件，從被亂寫的試題內容，說明歹徒應該是個相當有學識的人。黃先生他是位老實人，沒這方面的鬼主意跟本事。」

「校長，您說的我都明白。」李隊長很客氣，說：「我自己也是大洋國小的畢業校友，黃先生還是大我少說十幾屆的學長，我對你們都很了解，也很清楚你們的為人。我剛剛只是按照邏輯把事情推論出來，並沒有影射誰就是犯人。總之，這件事情我得回去好好查清楚，事情現在傳開了，大家都很關切，我也有我的壓力。」

「那就多費心了，我們這邊接下來也會加強巡邏，絕對不會再給這個囂張的歹徒有任何機會。」李隊長臨走前，校長緊握住李隊長的手，向他保證說。

李隊長離開後，今天中午大洋國小特別舉行一個特殊的集會。

全校師生都聚集在操場上，校長對所有人宣示為了因應這一陣子學校遭遇的怪事，而必須採行的一些因應對策。

校長拿起大聲公，對大家報告：「各位老師、各位同學，相信大家都知道最近校園中出現了一位不速之客。校長和老師們經過會議，決定要好好的加強學校安全維護的工作。從今天起，各位同學上、放學請盡量請家長陪同，老師們也要在聯絡簿中多和家長們保持聯繫。而各位同學如果在學校見到有陌生人，千萬不要跟陌生人說話，要趕快報告老師……」

校長講了一連串，大意就是要大家提高警覺，孩子們聽到這些命令，非但不覺得自己的自由受到限制，反而有種莫名的興奮。和周遭其它學校的孩子們比起來，大洋國小的學生最近可是焦點人物。

學校有警察來辦案，還發生很酷的竊案，其它學校的孩子都想要知道這位傳說中的竊賊。並且對在這個年紀孩子們來說，所有神秘的人物，都有一股強烈的吸引力，相較於自己乏味的日常生活，充滿冒險性的幻想。

不過，校長最後報告的事項就不怎麼讓孩子們開心了。

「……因為我們敬愛的國父銅像被有心人士潑灑油漆，加上為了防範歹徒再有什麼其它毀損學校公物的惡劣行動。因此今天第六節下課的掃地時間延長二十分鐘，進行大掃除，請各位同學依照老師的指示，展開大掃除工作！」

考卷被偷走，孩子們樂歪歪。

因為國父銅像被潑漆，全校本來一個學期才一次的大掃除現在硬生生多了一次，孩子們可就樂不起來了。

司令台下，校長在台上報告，台下六年一班的隊伍中，金其芳的姊妹用欽佩的口吻對好友說：「其芳，妳預測的好準喔！偷考卷的人下一步果然不是偷考卷，而是做其它的活動。」

「可是我覺得猜中不是什麼好事，我寧願猜不中，這樣至少大家就不用因為這樣還要大掃除。」

古又武覺得自己又輸了一次，但他也很好奇金其芳的推理，小聲問道：「那妳覺得下一次壞人的目標會是什麼？」

金其芳微微笑，對古又武說：「怎麼，你又想幫我抄聯絡簿了嗎？」

「哎唷！大家討論討論，不一定要賭嘛！」

古又武縱使不甘心，他也不想再跟金其芳打賭，畢竟自己輸掉的機率太高了。

「我也不清楚，雖然我們都猜歹徒還會繼續犯案，可是有一點我很在意，目前卻還沒發生。」

「什麼事情？」

「通常壞人做壞事都有一定的動機跟目的，譬如新聞上綁架小朋友的壞人，他們的目的就是要錢；學校作弊的同學，目的是為了要拿高分。那麼偷考

卷、潑油漆的壞人應該也有他的目的，但是到現在我們卻還是搞不清楚他要的是什麼，這真的很奇怪。」

「會不會他只是單純心情不好想要發洩呢？」

「你心情不好的時候，你會怎麼發洩呢？」

「我會大聲唱歌。」

古又武很誠實的說出了自己心情不好的解決方式。

古又武的好朋友聽到他這麼說，調侃道：「你聽見自己的歌聲應該心情會更不好吧？」語畢，周圍有聽見的同學都跟著在偷笑。

「心情不好的時候，你能夠好好靜下心思考嗎？」金其芳待同學們笑的差不多，又問道。

「沒有辦法，因為太生氣了，什麼事情也想不出來。」

「所以囉！這次的壞人看來應該不是單純的想要發洩，因為這些行動應該都要經過深思熟慮的規劃才行。偷考卷，他怎麼知道要找誰來下手？潑油漆，他又怎麼知道什麼時間學校沒有人？所以我覺得這個壞人非但是故意的，而且很聰明。」

「就像科學小飛俠裡頭惡魔黨的頭目！」古又武想起卡通裡頭的劇情，便說。

「我也這麼覺得。」

第一次，金其芳和古又武對於同一件事在很自然的情況下有了共識。

第九章 尪仔賊的校園傳說

「怎麼又來啦！」工友先生的慘叫聲再次劃破寧靜的早晨。

操場中間草地，不知何時被人用專門拿來畫跑道白線的石灰粉，以草地為紙，石灰粉為墨，寫上一首詩。沒有意外，草地上又留有一枚尪仔標。

「誠既勇兮又以武，終剛強兮不可凌。身既死兮神以靈，子魂魄兮為鬼雄。」

湯老師見了，認出這是屈原所寫的《九歌》中〈國殤〉的詩句，喃喃說起詩句的涵義：「兼具勇氣及武藝的戰士，是剛強且不可侵犯的。戰士的肉體會死，精神卻不會消失。即使死後成了鬼魂，也是鬼中的英雄豪傑。」

對國小學生來說，這詩句太難了，沒幾個人看得懂，金其芳和古又武則是看懂七八成。

「壞人越來越囂張了呢！」金其芳不禁說。

古又武點點頭，對金其芳說：「是啊！這詩等於是在說自己無論怎麼被警方追緝，他都不會放棄。就算被抓到，他也會是一位英雄好漢。」

果然，這首詩再次讓警方來到現場，可是現場還是找不到什麼決定性的證據，案情始終沒有新的進展。

唯一勉強算得上是進展的，大概就是警方終於對這位神出鬼沒的神秘人士給予一個固定的稱號「尪仔賊」來表示這位犯案必留下尪仔標的怪客。

老師、學生都開始用尪仔賊來稱呼這位神秘人，而尪仔賊也成為白河鎮大街小巷眾人談論的大洋國小傳說。

有人說曾經半夜聽見屋頂上有尪仔賊的腳步聲，事後證明那只是晚上在外頭還不睡覺的小貓；有人說尪仔賊會造訪不乖的孩子，等他們醒來就會發現兩眼被畫成熊貓；還有更誇張的傳說，把尪仔賊形容是蝙蝠的化身，因為他跟蝙蝠有能夠飛翔的翅膀，並且能夠透過聲波發現人們的蹤跡，所以無論警方怎麼努力都不可能抓到他。

種種傳說，在大洋國小上下流竄著。

當傳說不斷的流傳，在人們口中產生轉變，本來大家口中的壞人，後來竟然反而成為一種英雄。尪仔賊在某些孩子心中，不是搞破壞的壞人，而是像廖添丁那樣行俠仗義的人物。

老師們面對這個情況，嚴厲的勸導孩子們不要對尪仔賊有過度的聯想，自己要多多提高警覺，免得受害。

某些孩子們聽不下去，而是希望自己能夠有這個榮幸親眼見上尪仔賊一面。

當大家還在為尪仔賊是好人還是壞人吵成一團，真正的壞人卻還在外頭逞兇。

和哥哥不同，古又文是個內向的孩子，並且有著一顆比哥哥更加聰明的頭腦。

這也使得他和周遭的孩子顯得格格不入，同學們不懂他在想些什麼，也不知道要跟他聊什麼。所以古又文身邊沒有什麼好朋友，但是古又文家裡的人都沒有發現這件事，在爸爸媽媽心目中，又文只是文靜內向了點。而古又武忙著

自己的功課和初中考試，並沒有發現弟弟其實在學校有麻煩。

午休時間，古又文沒有在位子上午休。班長以為古又文跑去廁所，也沒多問。

在學校後門靠近倒垃圾、廚餘的角落，三位五年級的同學把古又文圍住。

「小子，今天有把我們昨天要的東西帶來嗎？」

古又文拿出一本數學習題本，交給五年級學長。

五年級的流氓三人組，帶頭的同學王憨吉（閩南語「地瓜」的意思）把習題本翻了翻，賊笑說：「不錯，作業都寫完了。你頭腦真好，五年級的數學你也會。」

「不難啊……」古又文小聲說。

另外一位五年級的同學聽見了，怒道：「你的意思是你很聰明，我們很笨囉？」還作勢要揮拳打他。

「我……我沒有這個意思。」古又文全身蜷縮在牆邊，非常害怕的樣子。

帶頭的同學阻止同夥，對古又文說：「我們不會打你，只要你乖乖幫我們做事，聽我們的命令，絕對不會有人欺負你。那麼，另一樣東西呢？」他攤開手心，示意要古又文把其它東西交給他。

古又文從褲子左邊口袋和右邊口袋掏出大把零錢，三位五年級的學長接過了，一位有點不耐煩的說：「叫你帶一百塊，你帶那麼多五塊、一塊，還有五角……你是找碴嗎？」

「不，我只是實在沒有錢了，只好把小豬撲滿打破。我裡頭存的都是零錢，所以就這樣了。」

王憨吉把錢點一點，算一算確實有一百塊，露出滿意的微笑。

「這樣就對了嘛！下禮拜同一時間記得還要繳交保護費給我們。不過你要記得，如果忘了，那我們可是又會在你放學的路上相見喔！」

學長們帶著錢離開了，古又文看著他們漸行漸遠，整個人坐在地上，靠著牆，看著天空，他覺得到學校上學，碰見這些人真是一件討厭的事。

「如果我可以跟哥哥一樣受歡迎就好了。」

古又文很崇拜哥哥，他覺得古又武做什麼都很棒，人緣也好，絕不會像他一樣會被別人欺負。

拍拍身上的塵土，古又文往教室走去，他要趁班長和老師還沒發現以前，趕快回去裝睡。

和那些覺得尪仔賊應該是好人的同學一樣，古又文希望尪仔賊能夠出來幫助他教訓那些欺負人的學長，出一口惡氣。那些自己做不到的事情，他想交給神秘的英雄。

悄悄回到走廊上，大洋國小力行能力分班制，除了低年級以外，三到六年級的一班，也就是升學班，位於同一層樓的同一條走廊上，希望升學班不同年級的同學們可以互相感染用功的氣氛。

本來以為自己嬌小的身軀可以順利經過六年一班教室，恰巧金其芳覺得肚子不大舒服，所以午休時間怎麼也睡不著，只好趴在桌上，眼睛時而閉起，時而左右張望。

金其芳看見古又文躡手躡腳的經過他們班往後門方向走去，然後現在又躡手躡腳的後門方向走回來，她感到好奇，於是從位子上站起來，跟在古又文後頭，用手指輕輕戳了他肩膀。

「啊！」

古又文被金其芳意料之外的行動，差點嚇得大叫，還是金其芳反應快，趕緊把他的嘴巴摀住。

「你在幹嘛？看你走來走去的，不睡覺是去當尪仔賊嗎？」金其芳對古又文開玩笑說。

古又文可笑不出來，他是真的希望自己是尪仔賊，可偏偏自己沒有那個能力跟惡勢力對抗。落寞的低下頭，眼眶開始泛紅。

金其芳和古又文坐在走廊上，金其芳對古又文小聲說：「你怎麼了？」金其芳發現古又文的褲子有些泥土的痕跡，手腕上也有細微的抓痕，重點是在古

又文的眼神中，金其芳見到有股恐懼。

「是不是有什麼煩心的事情，說給姊姊聽，也許姊姊可以幫妳喔！」金其芳在家是獨生女，但她比一般孩子們成熟，身邊的同學對她來說大多像弟弟妹妹。她見古又文傷心的樣子，拿出姊姊關心弟弟的心，關切的問道。

古又文早就想把自己被欺負的事情找個人說說，但他不希望家裡的人擔心，更怕影響正在努力準備初中考試的哥哥，所以什麼都沒說，一個人忍受著寂寞。所以金其芳一問，他再也忍不住，就把自己從小一開始被欺負，然後對方慢慢變本加厲的事情對金其芳全部據實以告。

金其芳聽完，比古又文還生氣，她不敢相信竟然會有那麼糟糕的人，對於比自己弱小的人非但沒有保護他的想法，竟然還運用自己年紀和身材的優勢去強迫人做自己不想做的事情。

眼珠子一轉，金其芳對古又文說：「你放心，姊姊一定幫你討回公道。」

「真的嗎？」古又文喜出望外。

「你不信？那我們打勾勾。」

「可是……姊姊妳千萬不可以把這件事情告訴我哥哥喔！」

「所以又武不知道嗎？」

古又文搖頭，說：「我不想讓哥哥擔心。」

金其芳覺得古又文真是太可愛了，更為古又武感到開心，因為他有一位這麼貼心的弟弟。反觀自己是獨生女，從小沒有兄弟姊妹，寂寞的時候也沒有人陪自己玩耍。最近雖然來了一位堂姊，但那位堂姊非但沒有幫自己排遣寂寞，反倒讓自己本來平靜的生活被她那大刺刺，活像不修邊幅臭男人般的生活習慣給破壞了。

「你聽我說，下次你遇到他們，你就對他們說……」金其芳想到一個妙計，在古又文耳畔詳細的說明了一遍。

第十章 試膽大會

同樣是禮拜三，本來一向是古又文最害怕，又要被王憨吉等人欺負的苦日子，這天有了轉變。

連王憨吉都發現，今天的古又文與平日不同，那份對於他們三個人的恐懼好像消失了，這可不是王憨吉樂見的。因為害怕，所以才會乖乖把錢交出來，才會乖乖幫他們三個人寫功課。

「小子，你今天看起來心情很好嘛！我要的東西帶來了沒有？」王憨吉厲聲說，想要來個下馬威。

「不好意思，沒有。」古又文被王憨吉的聲音一震，身子不自覺的顫抖起來，但還是勉力的說。

「你這小子活得不耐煩了是不是，沒有帶這個！」

王憨吉右手食指和拇指環扣，比出「錢」的手勢。又說：「看我今天怎麼教訓你，我會讓你知道世界上沒有白吃的午餐。我再說一次，不想挨揍就給我拿錢來。」

古又文的衣領被王憨吉一把抓起，他想要掙扎，王憨吉的兩位黨羽馬上架住他的左右手。

「對不起，我不是不給你們錢，可是我真的已經沒有錢了。」古又文拼命掙扎，求饒說。

「這可不行，我們三個人就靠你那點錢讓我們買彈珠汽水和沙士糖，沒有你我要找誰出錢買這些東西？」

王憨吉和同夥一邊說，一邊笑，根本沒有把自己欺負同學的行為當成一回事。

正當欺負的行為上演，金其芳這時突然出現，劈頭就對在場四人說：「你們在做什麼？」

除了古又文以外，另外三個人都以為金其芳是無意間經過這兒，不小心發現他們。

其實，這是金其芳和古又文要教訓這三個人的一場戲。

「你們在打架嗎？我要去報告老師。」金其芳故意對王憨吉三人這麼說。

正如金其芳所料，壞學生終究還是學生，是學生就會怕老師。

三人聽見金其芳說要讓老師知道，趕緊放下古又文，跑過來想要擋住金其芳的去路。

「沒有啦！我們是在跟他玩。」王憨吉對金其芳打哈哈說。

金其芳繼續假裝自己什麼都不知道，一臉驚訝的說：「可是我怎麼看都像是你們在欺負低年級的學弟。」

「妳爸爸沒有告訴妳：『飯可以亂吃，話不可以亂說。』嗎？妳不信的話可以問他。」

指著古又文，王憨吉對金其芳說，同時他對古又文擠眉弄眼，指示他要說謊。

古又文配合金其芳，也開始假裝起來，故意非常笨拙的說：「我們在玩，他們絕對沒有打我、罵我、欺負我，或是叫我每個禮拜三都要拿一百塊給他

們。」

古又文這番說詞無疑是此地無銀三百兩，擺明就是他被王憨吉三人又打、又罵，還被欺負，而且還遭到勒索。

聽完古又文的話，金其芳推開面前三人，並不忘對他們說：「既然沒有辦法肯定，那還是交給老師來處理。」

王憨吉哪能讓金其芳這麼做，拉住她的手腕，不肯放她離開。

金其芳全校誰不知道她是模範生，而且家裡還是鎮中的望族、鎮長的孫女。

想要阻止她，大家都不敢使用暴力，但現在情急之下，王憨吉也不管那麼多了，他才不想成為老師教鞭下的亡魂。

「妳不要不講道理好不好！」

金其芳聽了實在覺得好笑，專門欺負別人的壞孩子，竟然還要別人跟他講道理。

這正中金其芳下懷，她說：「講道理，可以啊！你們告訴我你們在玩，那請問你們在玩什麼遊戲？」

王憨吉等人聽金其芳這麼問，一時之間哪想得出來在玩什麼，畢竟沒有什麼遊戲需要揪著別人的脖子，還要把人家的手架住。

他們正煩惱，古又文冒出一句：「我們在玩試膽遊戲！」

「對對對，我們在玩試膽遊戲。」

「哈哈哈！」

「對，試膽遊戲、試膽遊戲。」

三個人別無選擇，即刻間又覺得這理由不錯，以為古又文害怕被他們欺負，所以幫助他們找出一個可以規避金其芳質疑的好理由。

「所以你們剛剛是藉由假裝要打古又文，看看古又文會不會害怕，這樣嗎？」金其芳順著他們的話繼續說。

「沒錯，不愧是全校第一的模範生，一下子就懂我們在玩的遊戲。」

「這樣就好啦！我跟老師報告說你們中午午休不睡覺在玩試膽遊戲，這樣應該不會受到太嚴厲的處罰，但……吃兩、三鞭子可能就免不了了。」

「學姊，我們玩遊戲，驚動老師幹嘛呢？」王憨吉見金其芳還是要找老師，用極為卑下的態度對她說。

「好吧！那我問你，試膽遊戲的規則是說，第一個害怕的人就輸了，對嗎？」

「哈！學姊妳也玩過試膽遊戲啊？試膽遊戲是這樣沒有錯。」

「那我給你們一個機會，我們來玩試膽遊戲。如果我輸了，我就不報告老師，這樣可以嗎？」

「真的嗎？」三人喜出望外。

「可是如果我贏了，你們就得答應我一件事。」

「什麼事？」

「等我贏了，你們乖乖做就對了。」

王憨吉三人有點擔心，畢竟自己不知道金其芳究竟在想些什麼。面對全校可能最聰明的人，他們也不敢保證自己能贏。

為了讓這三個人掉進自己的圈套，金其芳給他們一個超大的優待，說：「只要你們三個人有一個人能贏我，就算你們贏；也就是要是我沒有辦法同時贏過你們三個，就算我輸。」

按照金其芳的說法，這樣規則變成她一個人要贏過三個人，而且是三個男生。

王憨吉和同夥商量一下，認為金其芳再怎麼厲害，也不可能一個女生贏過三個男生，便答應了她的要求。

「那我們要怎麼玩？」王憨吉說。

「很簡單，我們找一個箱子，然後把自己覺得最恐怖的東西放進去讓對方摸。如果誰不敢摸，或是摸不到十秒就算輸。」

「好，那去哪裡弄個箱子？」

「我們之前社團活動的時候有一個，我現在去拿。」

「等一下！妳應該不會趁這個機會，跑去報告老師吧？」

「我才沒那麼無聊，而且我一定會贏過你們三個臭男生。」

「口氣真大。哼！快去拿，我們等妳。」

十分鐘後，金其芳抱著兩個由紙箱子改裝，四周全部塗成黑色，約雙手環抱大小的箱子。

這兩個箱子當然是金其芳和古又文趁空閒時間做的，並非什麼社團活動的用品，但看起來若有其事，王憨吉等人也沒懷疑。

「規則很簡單，你們有一個箱子，我們也有一個箱子，明天我們午休時間來這裡，裡頭裝著我們覺得很恐怖的東西讓對方摸，瞭解了嗎？」金其芳解釋完規則，把其中一個箱子拿起來要給王憨吉。

王憨吉起疑心，沒有接過箱子，而是說：「箱子是你們拿來的，我怎麼知道裡頭會不會有詐，我不要這個箱子，我要妳放在身後的那個箱子。」

金其芳假裝為難的表情，說：「你確定要這個箱子，不要我給你的箱子嗎？」

王憨吉自以為聰明，見金其芳的表情不甘不願，心底暗笑：「哼！可讓我抓到妳的詭計了吧！妳給我的箱子肯定有什麼機關，要是我拿了，到時候比賽一定會輸。」

這個禮拜三的午休，在金其芳攪局的情況下和平結束，緊接著就是隔天午休，六年級一位小女生和五年級三位男生要一決勝負。

第十一章 蚯蚓入侵教師室

待王憨吉三人離開，金其芳將手上那個黑箱子順手丟進垃圾車。

「學姊，這樣沒關係嗎？」見金其芳把箱子丟了，古又文著急說。

「你放心，他們明天中午午休不會來，我們也不需要來。」

「太神奇了吧！為什麼呢？」

「因為那個箱子裡頭有姊姊施的魔法呀！」金其芳對古又文眨眼說。

王憨吉等人抱著箱子，回到教室，為了怕老師發現他們帶來一個黑色箱子，引人側目，於是將箱子藏在教室後頭的櫃子中。

櫃子裡頭放著全班同學的一些雜物，裡頭有劃線，每個格子都由一位同學專屬。

箱子比單人的格子大，但因為王憨吉和兩位同夥的格子在旁邊，所以三個格子合在一起差不多夠放得下。

下午的課開始，王憨吉和同夥沒有乖乖上課，他們都在計畫著要找什麼的東西放進去才能贏過金其芳，讓她害怕。

想到模範生因為自己而出現害怕的表情，他們就覺得這個遊戲實在太刺激了、太好玩了。

季節走入十月，天氣溫度下降，但濕氣還是相當高。

金其芳做的黑色紙箱玄機也就在這裡，正因為是這個季節，才能展現這個箱子的魔術。

金其芳的箱子用紙作成，而紙很容易受到濕氣、水分影響。

這個箱子看起來只有一個地方有洞，就是箱子上方，像是用來讓對方把手伸進去試膽之用。

其實主要的目的不在這裡，而是為了讓人只能藉由這個洞來看箱子內部，但因為洞不怎麼大，所以能夠看的光線和範圍都不夠。

從洞口看下去，箱子的底部像是一片平面的紙板，但其實眼睛所見的紙板並不是底部的紙板。

金其芳在底部紙板上放了一堆黏答答的東西，然後在這些東西上面蓋上一塊也是紙箱割下的紙板。但因為光線不足導致視覺上看起來好像看到的就是底，所以除非很認真的去測量、觸摸，不然不會發現。

下午第三節課開始，金其芳看看手錶，喃喃說：「差不多就是現在了。」

「啊啊啊啊啊啊啊！」於金其芳教室樓下，五年四班教室傳來女同學的慘叫聲。

正值上課時間，每間教室基本上除了老師授課的聲音，聽不見其它聲音。尖叫聲於此時更是特別刺耳，全校幾乎每個角落都能聽見。

跟著，尖叫聲此起彼落，但都是從五年四班教室傳來。

其它班級上課的老師放下課本，過去想要瞧個究竟。孩子們何嘗不好奇，見老師過去看，也都跟著過去，大家都想看看發生什麼事。

金其芳當然不會錯過檢驗自己教訓三個學弟的小惡作劇，跟著大家一起走到樓下。

五年四班的地板上，尤其是靠後面的座位底下出現數十條蚯蚓，牠們在地上蠕動著。

班上幾位女孩子最害怕這種軟軟又濕濕黏黏的東西，不停尖叫，有的甚至眼淚都已經飆出來。

「這個箱子是誰帶來的？」

這一節在五年四班上課的幸好是位不怕蟲子的男老師，他走到教室後頭，發現蚯蚓都是從櫃子裡頭冒出來，他打開櫃子，見到裡頭有個黑色箱子，箱子底部和邊緣有破洞，蚯蚓就從這裡面跑出來。

說到底，紙箱子用的紙板很薄，金其芳抓來的蚯蚓前一晚沒有讓牠們離開水，所以牠們是在身子本身吸取充足水分的情況下被裝進箱子裡。

蚯蚓努力的想要掙脫出箱子，所以在氣候本身就潮濕，然後蚯蚓本身也有水分，且努力從箱子裡頭往外頭鑽的情況下，才造就五年四班一地的蚯蚓。

「是他，我有看到是他把箱子放進櫃子的。」班上有同學見到王憨吉等人把箱子放進櫃子中，對王憨吉指證歷歷。

老師也知道王憨吉是位麻煩人物，以前到現在往訓導處報到的次數可多了，當場就把他抓出來痛罵一頓。

王憨吉不想只有自己一個人被罵，把兩位夥伴也揪出來，說：「老師，他們也有跟我一起搬。」

可是找人出來，也只是多了兩個人陪自己被罵，並不會讓老師就把焦點轉移到其他人身上。

甚至因為王憨吉一副想要脫罪，要拉別人下水的想法，反而讓老師罵得更厲害。

「這個箱子是不是你們拿進來的？」老師對王憨吉，怒氣沖沖的說。

「是，但……也不完全算是。」

「到底是還是不是，都已經有同學說看見你們把這個黑箱子帶進教室，放到櫃子裡，你們還不承認嗎？」

「老師，我們有把箱子帶進教室、放進櫃子，但箱子不是我們拿來學校的。」

「喔？那不然是誰？為什麼別人要給你們這個有蚯蚓的黑箱子。」

「這、這個……我們也……這個……哎唷……」

王憨吉和夥伴，你看看我，我看看你，三人想要說明，可是想到一旦說明就會暴露自己欺負二年級學弟古又文的犯行，大家支支吾吾，誰都不敢說清楚。

「不說老師就當你們默認了。今天的值日生，快點給我把地上這些蚯蚓拿畚箕裝起來，丟到外面樹下的泥土地，箱子就給我丟進垃圾車。」老師吩咐下來，大家才趕緊清理地上的蚯蚓。

跟著老師叫王憨吉三人到講台前，說：「你們三個都給我到教室前面來。」

最後老師拿出教鞭，叫三人輪流到講台前，面對講台把雙手撐在講台上，每個人都狠狠的被抽上三下屁股。

王憨吉等人被打了三下，都痛得流淚。

打完之後老師叫他們回到座位，可偏偏屁股痛得要命，想坐也坐不了。屁股稍微接觸椅面，就像有人拿辣椒塗在他們屁股上，簡直是活受罪。

隔天午休，王憨吉三個人都沒有出現在垃圾場，也沒有再找古又文要錢，他們被訓導主任記了小過，在家面壁思過三天。

到這裡為止，一切都在金其芳的預料之中，但她少算了一件事。王憨吉的媽媽是家長會的成員之一，小孩被打得屁股都腫了，她基於尊重老師的立場不便說什麼。

但就在兒子回家後，她同兒子談過，得知那個箱子的來源是鎮長的孫女金其芳。

王憨吉的母親可不能容許自己的孩子蒙上不白之冤，儘管自己兒子調皮不是一天兩天，但說什麼也不應該白白挨打。

帶著兒子，王媽媽來到學校找訓導主任理論。訓導主任迫於無奈，便找金其芳來辦公室，跟王媽媽和王憨吉對質。

「其芳，人家王媽媽表示，憨吉告訴她那個裝有蚯蚓的紙箱子是妳拿給他的，真的是這樣嗎？」訓導主任問金其芳說。

金其芳看著王憨吉，猜想他肯定沒有把事情的整個經過，像是自己欺負古又文的部份說出來，不屑的看著王憨吉，說：「是，是我做的。」

訓導主任有點意外，追問說：「為什麼妳要這麼做？」

王媽媽聽見更是抓著金其芳的回答，一把鼻涕、一把眼淚的說：「主任，你看看人家鎮長的孫女仗著自已家在鎮裡頭的影響力，倒欺負起其他孩子來了。」

「王憨吉欺負低年級的學生。」

金其芳本來想就麼直接把事情講出來，可是她已經答應古又文，不要讓自己被欺負的事情曝光，只好把話收回去。

她沒有多說，僅表示：「我只是幫被王憨吉欺負的人討回一個公道而已。」

「以暴制暴不是一個好方法，我相信妳應該懂。」

訓導主任見金其芳承認錯誤，並且也沒有為自己辯解。為求公平給了金其芳口頭警告，並要她交一份五百字的悔過書。

金其芳沒有抱怨，她覺得自己的目的已經達到，相信經過這次教訓，以後王憨吉等人再也不敢找古又文麻煩了。

公佈欄
第十二章
模範生選舉

尪仔賊在草地留下詩句的事件後，將近兩週的時間，大洋國小沒有再出現他的蹤跡。

時間來到上學期第二次期中考與第一次期中考中間的空檔，熱鬧的年度模範生選舉即將展開，四年級以上的每個年級都將選出一位年級模範生。這是練習民主的一個機會，是前任校長留下的傳統。

選舉有分競選期間跟投票日，競選期間基本上從六年級第一次段考結束後三週開始，然後在期末考前三週結束，跟著便進行全校投票。

候選人的資格，全校凡四年級以上的同學都可以參加，但從舉辦到現在十年來都是由五年級或六年級的學生當選。去年便是五年級學妹打敗六年級的學長姊，由金其芳榮獲桂冠。

今年，本來各方也是看好金其芳會連任全校模範生。

想要爭取榮譽的學生，每個班級都有，大家都要推出一位代表，來讓這個民主的盛會不要流於形式。

六年級有六個班，模範生選舉第一階段，每一班都得先推出自己的候選人。

因為和金其芳同班，古又武從四年級就一直在模範生選舉班內初選階段便出局。

六年級，他幾乎不抱什麼希望了。除非金其芳自己放棄，不然班上肯定又會把票投給她。

想到自己又要錯過競選模範生的機會，古又武今天連上課的動力都沒有，慵懶的坐在位子上，一手撐著頭，沒辦法專心聽講。

趁著班會時間，湯老師請班上同學推舉參加六年級模範生選舉的代表。他站在講台上，拿起粉筆對大家說。

「同學們，大家有推薦參加模範生選舉的人選嗎？」

「老師，我推薦金其芳同學。」

果不其然，第一個舉手表達意見的同學推舉了金其芳。湯老師在黑板上，將金其芳的名字寫上去。

「古又武同學。」

古又武班上的死黨，舉手推薦他。

「還有呢？大家多提幾位人選，然後我們再來投票。」

後來又有其他同學推舉了三位同學，但大抵態勢明顯。

湯老師展開班上的初選投票，對大家說：「好，贊成金其芳同學代表六年一班出馬角逐六年級模範生的同學，請舉手。」

班上四十五位同學，有二十一位同學舉手表示贊成，這沒有達到全班人數的一半。

古又武點了點大家舉手的數目，忽然發現自己這一次居然有機會，本來慵懶的身子突然精神奕奕。

他有點不明白，過往幾乎都是壓倒性獲勝的金其芳，怎麼這次竟然會有超過半數的同學沒有把票投給她。

畢竟六年一班的同學，幾乎都是去年五年一班直升上來的，而去年光是班內初選，班上幾乎九成的同學都將票投給她。古又武拿到的票數只有來自死黨和自己的票。

這個轉變可以說自從蚯蚓事件後，學校老師和學生們對金其芳印象轉變的風向球。

蚯蚓事件後，有人謠傳金其芳就是那位神秘的尪仔賊，這聽起來有點荒謬，但對於學生來說，他們認為金其芳有那個能力和頭腦進行這些具有破壞性的行為。

老師們雖然大多不這麼認為，可是孩子們流傳著，間接影響老師們的判斷。

金其芳也是一個會拿壞學生惡作劇的孩子，形象不再如過去完美。

為了守護古又文的秘密，金其芳在學校裡頭的人氣受到影響。古又武不知道金其芳保護自己的弟弟，喜出望外，以為是自己努力多年有成，終於在小學最後一年見到了效果。

古又文則是為金其芳抱屈，但他沒有說出事情經過的勇氣，只能繼續保持沉默。

「好，那贊成古又武同學出馬角逐的同學請舉手！」

古又武眼睛張的好大，引頸期盼會有奇蹟發生。

「一、二、三、四……」湯老師數著舉手同學的人數，然後在黑板上寫下好幾個正字。

「總共有十九位同學，十九加上二十一，總數已經達到四十。因此，今年我們班模範生選舉的代表，就由金其芳同學擔任。請大家鼓掌。」

掌聲不算熱烈，說明了班上有不少同學對於這個結果並不認同。

「謝謝大家選我，我會努力讓大家看到六年一班的學生是全校最優秀的學生，六年一班是全校最棒的一班。」金其芳起立，對老師和全班同學敬禮，表示自己的感激。

落選，古又武當然多少有點失望，但見到有那麼多同學支持自己，他還是覺得很感動。

班會結束，適逢中午用餐時間，古又武跑去找金其芳，對於這場君子之爭，他想表現一下自己的風度：「其芳，恭喜妳又連任班上的模範生代表。」

「謝謝你，我會好好做。」

「有什麼需要幫忙的儘管說，我和班上同學都會盡一份力。」

「我知道，去年也是有你們大力幫忙，我們才能獲勝。」

古又武四年級和五年級都輸給金其芳，但他可不是會扯後腿的人。輸歸輸，選舉的規劃等等，他可是金其芳選舉的重要核心成員。

就算不是模範生，任何表現自己的機會，古又武都不會放過。更何況，最後能以自己的努力讓同學順利當選，這也是自己的成功。

旋即，古又武又和金其芳聊到最近暫時不見人影的尪仔賊，說：「尪仔賊好一陣子沒有出現了，難道他就這樣銷聲匿跡了嗎？」

「我不這麼認為，但誰知道他會怎麼做呢？」

「還有我聽說有人謠傳……那個『尪仔賊』就是妳，我覺得這實在太荒謬了，可是還真的有人相信，妳說好不好笑。」

「愛說的人就讓他們去說吧！」

「我真佩服妳，好像對其他人的想法都不在意。」

「也不是不在意，但反正說或不說都不會改變什麼事實，所以就乾脆把嘴巴上的拉鍊緊緊拉上。」

蒸好的便當由今天的值日生抬回來，古又武回到位子上和死黨們吃中飯，金其芳也回到位子上用餐。

打開便當盒，金其芳臉上不禁三條線。

便當裡頭有一張因為蒸便當的水分浸濕的一張小紙條，上頭的墨跡還清晰可辨，放在便當盒白飯一塊沾有滷汁的凹下處，這個凹陷處本來應該放有一隻雞腿，現在卻空空如也。

不好意思，起床太餓就把妳的雞腿吃掉了，改天還妳。

榛榛

金其芳看著濕漉漉的紙條，她不介意雞腿被吃掉，只是又再一次見識到堂姊不顧別人，只顧自己的作為。她又對於堂姊不知道要在自己家裡待到什麼時候，開始長吁短嘆起來。

好姊妹看金其芳不開心，關切的問道：「其芳，妳怎麼一臉不開心？」

「唉！還不是我堂姊，她又搞怪了啦！」

金其芳把紙條現給朋友看，她們看到都笑出來，雖然雞腿被偷吃有點可憐，可是一個超過二十歲的大人卻做小孩子一樣的事情，大家都覺得很有趣。

「妳堂姊真好笑，都幾歲了還偷吃雞腿。」

「才不好笑，要是妳們跟她每天住在一起，不天天氣到頭痛才怪。」

「不過，聽說妳堂姊在唸博士呢！好厲害，唸博士的人應該什麼都懂才對，有機會真想看看妳堂姊究竟是什麼樣子。」

「我堂姊就只是一個三更半夜不睡覺，不知道在摸東摸西摸些什麼，喜歡一邊吃東西，一邊看電視，而且還會像男生一樣哈哈大笑的人。哎唷！我已經好久沒有看科學小飛俠了，都是堂姊害的。」

「好好笑，模範生也有解決不了的難題。」

「如果可以交換，我寧願拿模範生來交換堂姊趕快回台北。」

正在家吃橘子看電視的金榛榛，沒來由的打了一個噴嚏。她摸摸鼻子，自言自語說：「誰在說我壞話？」

第十三章 空蕩蕩的選票箱

各班選出模範生後，熱鬧的模範生競選活動才真正如火如荼的展開。這不只是少數幾位參選同學的競爭，更是班級與班級間的較量。大家都不想輸給彼此，大家都想展現自己班最好的一面。

對於升學班的同學來說，他們要表現出品學兼優的一面，告訴大家自己符合模範生最基本的條件。

對於中段班和後段班的同學，模範生對他們的意義更為豐富，並且這也是一個可以跟升學班一較長短的好機會。

六年一班選出金其芳，其它班級則是推出各有特色的候選人。

二班的代表盧小逸是個喜歡科學的孩子，開口閉口都是以後長大要當天文學家。他認識的星座，還有對於九大行星的了解，就連教自然科的老師偶爾也要請教他。

三班的代表白小文雖然功課普通，但是生長在清寒家庭的她一直都很努力的在學習。她每天幫忙家裡賣麵到深夜，卻還是不忘抽空唸書、寫作業，對於

求學認真的態度一直都讓老師們很感動，同儕們也很佩服這位用功的同學。

代表四班競選的吳丙，他是位體育健將，從小學三年級開始就是學校田徑隊的不動王牌。每年運動會，一百公尺、兩百公尺、四百公尺，還有那跑死人不償命的一千五百公尺，他都是全校第一名。據傳已經有北部知名的明星體育中學對他提出邀請，希望他可以在畢業後前去就學。

五班的代表范玲玲也是位全校知名的同學，她是全校朗讀比賽和作文比賽的冠軍，平常沒事最喜歡抱著其他同學看不懂，也不想看的唐詩宋詞，或是徐志摩等民初詩人的詩集，在那裡朗讀給大家聽。幾位崇拜她的男孩子，還送給她大洋國小憂鬱女詩人的封號。

六班是學校的放牛班，儘管老師們都不這麼稱呼，可是大家都清楚，也知道這個班上的同學是老師們根本不對他們的升學抱有期望的孩子。這一班的人數全年級最少，只有三十九位學生。模範生選舉對他們來說是很特殊的一件事，因為從來都沒有六班的學生當選過，他們也不認為自己有機會當選。

所以六班最後推舉出來的同學，並不是經由民主的選舉，而是透過抽籤決定。最後抽到籤王的是羅志偉，他是全校身高最高，小學六年級就已經長到一百七十五公分。家裡頭有八個孩子，他排行老六，身上總是穿著哥哥姊姊們穿過，有些破洞、補釘的衣服。

對六班而言，模範生選舉是一場遊戲，所以他們競選的花招往往最多，最有創意。

因為他們的目的不是選上，而是要讓自己開心。

為了讓金其芳能夠順利當選，班上同學在本來就擔任班長的古又武號召下，和去年一樣組成競選小組。

大家開始進行分工，誰要負責畫海報，誰要負責寫標語，誰要負責寫發送給學生們的卡片等等，都有條不紊的進行著。

金其芳則是要準備模範生政見，在接下來一週，每天都會有三位模範生候選人上台花五分鐘時間說明自己政見的演講，對大家拉票。

有過去兩年的經驗，金其芳沒有特別準備什麼，草草擬好簡單的大綱，對於上台演講的內容已有十足把握。

放學後，金其芳和團隊們沒有回家，大家都為了要打一場漂亮的選戰而努力著。

「各位同學，辛苦了。」秋天走過一半，氣溫也漸漸朝冬天一步步邁進。湯老師見同學們那麼努力，這天傍晚特別買了十幾杯熱熱的燒仙草，給同學們加油打氣。

同學們見到熱騰騰的燒仙草，都很開心的感謝老師。

湯老師對孩子們說：「選不選上都不重要，但大家一定要珍惜共同努力的過程，這將是你們小學六年級最好的回憶。」

身為六年一班的導師，湯老師當然希望金其芳能夠當選，但他也知道教育不應該給孩子太大的壓力。

作為升學班的導師，他經常告訴學生一定要考上公立好初中和好高中，以

後還要唸好大學。可是許多學生的童年就在這樣的信念中被犧牲。明明應該是歡笑、跑跳的年紀，卻必須窩在家裡頭唸書。

「至少模範生選舉，希望孩子們能夠玩得開心。」湯老師在心底對自己說。

經過三天努力，古又武等人終於把要貼在學校公佈欄的競選海報、標語，還有要發給同學們的宣傳單都做好。辛苦之後再來享受燒仙草，特別覺得燒仙草比平常還要香甜。

「大家都好努力，真是辛苦了！」古又武對團隊們說。

「哪裡，每年都是又武帶領我們一起做，如果沒有你幫我們安排，大家可能現在還在煩惱要做些什麼才好。」

「哪裡，我只是想要幫忙，畢竟模範生選舉是我們全班的事。」

古又武的死黨此時為好友抱屈，說：「可惜今年還是金其芳當選，明明又武的條件不會輸給鎮長的孫女。」

古又武澄清說：「不能這麼講，其芳她太優秀了，我總是贏不了她。所以大家選她出來我很服氣，因為其芳就是這麼優秀。」

談到金其芳的優秀，古又武想起她做每一件事情都很完美的樣子，雙頰微微泛紅。

大家見到古又武的表情，敏感一點的女生已經猜到古又武對金其芳的心意，都「噗哧」的小聲偷笑。

古又武回過神，見有人在偷笑，這才發現自己失態，趕緊擺出正經的臉色，對大家說：「我們趕快把海報和標語貼起來，然後回家吧！」

公佈欄處，其它班級的候選人海報大多在今天由各班陸續貼上。大家都很有創意，非常努力的想要呈現候選人的優點。

四班的同學們正在貼海報，他們對古又武打招呼說：「唷！你們班的候選人呢？」

「金其芳她今天肚子不大舒服，所以先回家了。」

「原來如此。」

「你們的海報畫的真不錯，海報四周的兔子很可愛。」古又武稱讚四班的人說。

「畫的好有什麼用，你們班的候選人太優秀啦！我們大家只是垂死掙扎而已。」

「哪會？選舉就是大家公平競爭，每個人都有機會。」

「最好是！」

雖然不覺得自己會贏，可是四班的同學還是做得很開心，就像湯老師所說，對孩子們最重要的是共同努力過的回憶，而不盡然是結果。

結果雖然很重要，但過程的辛苦更重要，模範生選舉就是要學習這個過程，瞭解到任何好的結果都要先有勤奮的努力才能獲得；而一個好的過程，能夠讓結果不管如何都能對得起自己。

金其芳這天肚子不大舒服，一放學就跟團隊道別，回家休息。她最近肚子

偶爾會這樣不舒服，猜想自己可能沒有注意保暖，有點著涼。

回到家，沒聽見電視的聲音。

金其芳到客廳，只見阿公在看報紙，便問道：「堂姊呢？怎麼沒見到她。」

鎮長擔心的說：「榛榛她肚子不太舒服，回房間休息了。」

金其芳內心唸著：「什麼啊！竟然跟堂姊同一天生同樣的病，我才不要。」

見到電視沒有人使用，自己的王座也空著。雖然肚子痛，金其芳可不想錯過這難得的機會來追一下科學小飛俠的進度。她打開電視，跳到位子上盤腿而坐。

電視機熱機後，傳來畫面，那熟悉的旋律，科學小飛俠的主題曲，金其芳聽見第一個音，肚子的不適立即好了一半。

「飛呀！飛呀！小飛俠！在那天空邊緣拚命的飛翔。看看他多麼勇敢，多麼堅強。為了正義，他要消滅敵人；為了公理，他要奮鬥到底。飛呀！飛呀！小飛俠！衝呀！衝呀！小飛俠！我愛科學小飛俠，我愛科學小飛俠，多勇敢呀！小飛俠！」

隨著旋律，金其芳跟著又叫又跳。阿公看到孫女活潑的樣子，收起報紙在旁邊用手幫忙打拍子。

片頭曲結束，金其芳這才坐下來好好欣賞今天的科學小飛俠，這一刻她有種說不出的感動，滿心欣喜，「這才是我平常的生活嘛！」

第十四章

老師們的視線

也許是因為身體不舒服的關係，金榛榛晚飯沒吃，整夜也沒有任何嘈雜聲，讓金其芳睡了一個久違的好覺。第二天一早，起床後精神奕奕的，金其芳帶著喜悅的心情前往學校。今天除了一般聽課的生活，前晚她也把即將到來的模範生候選人演講講稿擬好，晚點要拿給湯老師看，請他給予意見。

本以為今天又會是快樂的一天，金其芳在踏入校門之前真的這樣認為。金其芳踏進校門，發現四周不管是老師或同學，見到她出現，都用帶有敵意，或有遺憾，甚至憤怒與不可置信的眼神望向她。平常金其芳在學校就是風雲人物，旁人熾熱的眼神她早已習慣。可是今天大家看到她的眼神都不一樣，那不是崇拜，更甭提喜歡。金其芳感覺到周遭人們看待自己的眼神，活像自己是一位罪犯。

眾人的眼神，讓金其芳覺得好冷，她不自覺的用雙臂摟住自己。平常習慣和眾人平視的眼睛，此刻也不自覺的漸漸往下修正，金其芳不敢跟大家的眼神接觸。經過行政大樓川堂，立即往自己的教室衝去。

「大家是怎麼了？」金其芳不解的問自己，可是身邊還沒見到認識的同學，她不知道該找誰問個清楚。穿越川堂，面前便是學校操場，教室在金其芳的左手邊，而在右手邊的公佈欄，數十位同學正在圍觀。金其芳看過去，發現公佈欄上每位候選人的競選海報都被撕爛，僅存她自己的海報完好無缺。

這下金其芳瞭解到底發生什麼事了。在公佈欄前圍觀的同學發現金其芳在後頭，紛紛轉過頭看著她。代表四班競選模範生的吳丙見到她，身為運動員的腎上腺素一下子激增上來，對金其芳憤憤的說：「好啊！兇手來了。」

旁邊有人拉著吳丙，對他說：「可是我們現在還不能確定是她。」

「不能確定？你看！大家的海報都被破壞成這個樣子，只有她的沒事。哼！我看就算不是她幹的，肯定也是跟她有關的人幹的。」吳丙一口咬定金其芳就是破壞公佈欄的人，聽不進其他人的解釋。周遭同學都對金其芳議論紛紛，有的人相信，也有的人不怎麼相信。但不管是不是金其芳親手所為，大家都認為就算不是，也肯定跟金其芳脫不了關係。

四班的同學都以埋怨的表情看著金其芳，吳丙不想再多說什麼，對大夥兒說：「我們走！」抱著被破壞的海報殘骸，四班的同學離開了。其他圍觀的同學見沒有戲可看，也都逐漸散去。金其芳走向前，面對著公佈欄。大家的心血，一張張充滿愛心的海報都成為碎屑。秋風一掃，地上的碎屑被吹起，在操場上四處飄舞著。

「怎麼會這樣？」金其芳真的沒想到好好一場選舉竟然變成這個樣子，她不指望自己會當選，只希望自己不要被誤解就好。這時，她想起阿公經常對她說的：「我們不能控制別人喜歡自己，但至少自己可以努力當一個自己喜歡的人。」

抱著沈重的心情，金其芳往教室走去。可經過每一間教室，裡頭的同學都會朝著她看，好像她是動物園裡頭的動物，此刻出來展覽，供人參觀。

金其芳只能把希望放在自己班上，她想：「至少自己班上的同學不會誤會自己。大家同班多年，只要自己的好朋友跟同學不要誤會我，其他人要怎麼想

就隨他們去吧！」

教室中，早自習正展開著，六年一班的同學們都在交頭接耳，談論著公佈欄被破壞的事件。見到金其芳進來，大家都停下來，全班鴉雀無聲，但無形的壓力，讓金其芳發現期望看來是落空了。同學們看著她的眼神，充滿疑惑及不屑，好像過去的情誼，此時都變成一場空，根本沒有人相信她。

金其芳坐到自己的位子上，在旁邊的好姊妹也不知道該怎麼安慰她。加上現在班上也好，學校也好，都有一股認定兇手與金其芳必然相關的聯想。她們不知道，也不敢表達自己的意見，深怕自己也被孤立。再聰明的孩子，終究只是孩子。金其芳坐在位子上，眼睛簌簌的流下眼淚。晶瑩的淚珠劃過臉頰，滴在木頭桌面，一點一滴，都是金其芳內心痛苦所榨出的感受。

金其芳流淚，但她沒有哭出聲，因為她要自己絕對不可以這樣。但任憑她怎麼告訴自己要堅強，眼淚偏偏還是止不住；勉強忍耐著，泣訴的聲音還是不爭氣的從鼻子和口中傳出去。

湯老師進來了，對金其芳說：「其芳，麻煩來訓導處一下。」金其芳早有心理準備，但當老師真的叫她去訓導處，她第一次有股衝動，想要逃離這裡。

訓導處，主任和其他老師都在，湯老師也列席。讓金其芳意外的是，她最愛的阿公和爸爸都來了。從他們對自己失望的表情，看來老師們已經先跟阿公和金爸爸把事情給說了，而所說的內容顯然對金其芳很不利。

難過也是自己的事，金其芳不想就這樣認輸，對於自己沒有做過的事，她也不打算承認。阿公和爸爸的失望神情，反而激勵金其芳要振作起來。她擦乾臉上的眼淚，靜靜的等著老師們問她話。「湯老師，這是你們班上的學生，你打算怎麼處理？」訓導主任把球丟給湯老師，也等於是把責任交給湯老師。

「這……模範生選舉是全校性活動，我想今天公佈欄被破壞所造成的問題，是全校老師應該要重視，不能忽視的一件事。訓導主任，您怎麼看？」湯老師才不願意自己擔下責任，把責任又推給大家。訓導主任聽湯老師這麼說，見家長在這裡，老師們互推責任未免太難看，便直接切入正題，對金其芳問

道：「金同學，這一次公佈欄破壞的事件，是妳做的嗎？」

「不是！」金其芳以哭得紅通通的雙眼，對訓導主任說。

「但是有人可以證明不是妳做的嗎？我聽湯老師說，妳昨天因為身體不舒服，所以早早就回家了。剛剛我也問了金先生，他們說妳昨天也比一般時間早就寢。該不會妳趁大家睡覺的時間，來學校破壞其它班級同學製作的海報？」

「怎麼可能？我怎麼可能做這種事情！更何況，做這種事情對我有什麼好處？」金其芳嚴厲駁斥。訓導主任從抽屜裡頭拿出一枚尪仔標，對金其芳說：「妳認得這個東西嗎？」

「認得，那是尪仔賊犯案後會留下的東西嘛！」

「我們現在懷疑尪仔賊就是妳。金同學，之前偷走考卷、潑油漆，還有在操場寫詩的事情，都是妳幹的嗎？」

「當然不是，全部都不是。老師，你不可以隨便冤枉人！」

「可是妳之前有過前例，把蚯蚓裝進箱子裡頭，嚇壞五年級的同學，不是

嗎？」金爸爸和阿公第一次聽見這件事情，都驚訝的對金其芳說：「其芳，妳之前拿蚯蚓嚇過其他孩子？」

「這……這件事確實我有做，但那是因為……唉！可是其它事情真的都不是我做的。」金其芳不知道該怎麼解釋才好，急得快要哭出來。

鎮長還是經驗豐富，事情看的多了，他認為這個事件眼下根本不可能有結論。校方似乎想要金其芳認罪，但又沒有證據說是自己孫女幹的；金其芳一味的解釋，可是也拿不出證據證明自己沒有做。當大家各執己見的時候，任憑兩方怎麼說，人們都只會選擇自己相信的想法。

面對這種情況，鎮長語重心長的說：「主任、老師，我想既然這件事情現在沒有一個結果，說再多也沒有用。公佈欄被破壞這件事情絕對錯不了，而傷害也已經造成。我想有些事情現在大家在這裡光用嘴巴不可能找出答案，為了不要影響學校上課的氣氛，今天其芳我就先帶回去，接下來再看怎麼處理。」

金鎮長為人公道，全白河鎮的人都清楚。主任和老師聽了，都沒有表示反

對意見，但這個結果，他們也談不上能夠接受。

湯老師這時候跳出來。他從小三就開始看著金其芳長大，對金其芳還是有一定程度的信賴，跟在鎮長的後頭說：「正如鎮長先生所說，我們現在任何一方都沒有確切的證據，如果過度猜測也許會造成遺憾。我想今天這件事情就先到這裡，等我們把真相都釐清之後，大家再來談後續要怎麼懲處也不遲。」

訓導主任聳肩說：「你的學生，你自己看著辦。」

湯老師見訓導主任無意插手，對金其芳說：「其芳，老師不是不相信妳，但妳要知道任何事情我們都要講證據。妳這邊有證據證明不是妳做的嗎？」

金其芳搖搖頭，但老師跳出來幫她講話，她感到欣慰。

湯老師像是已經下了決心，但想說的話似乎不容易出口，嘴巴開了又關，關了又開，好一會兒才對大家說：「我有一個提議，大家看看可不可行？」

「請說。」訓導主任說。

「雖然我們都不知道事情的經過到底怎麼樣，但事情發生了，總是要給大

家一個交待。雖然我們不知道是不是金其芳做的，可是為了避免利益衝突，也為了這次模範生選舉的和諧。」指著金其芳，湯老師說：「我想……我想請金同學退出這次的模範生選舉，同時我們六年一班也退出這次的選舉，好讓選舉能夠更順利的舉行。大家意下如何？」

湯老師的決定，大家商量一下都覺得雖然不是非常理想，但至少現階段看來可以讓學生的反彈聲浪不要那麼大，便一致通過。

金其芳及六年一班退出本次模範生選舉的消息，在放學降旗時間由訓導主任對全校公佈。孩子們有的鼓掌叫好，有的則是驚訝的說不出話，總歸來說，這個結果確實讓不少人本來不愉快的心情有所好轉。

六年一班的部份同學則是對金其芳更加不快，認為是金其芳的關係，害他們失去跟大家一起選模範生的機會，還害全班同學變成學校其他人指指點點的對象。不過，當大家都誤解金其芳時，仍有三個人對金其芳抱持著堅定的信心。

公佈欄
第十五章
小飛俠偵探團，成立！

「叮咚、叮咚。」金其芳家門外，莊友彰正在按門鈴，可是半天都沒有人出來應門。

公佈欄被破壞的第一天，莊友彰就想找好友談談。可是金其芳一早就被家裡的人帶回家，第二天也沒有來上學。莊友彰只好自己主動跑到金其芳家，想要看看她好不好。

莊友彰透過圍籬，能夠看到金其芳家。理論上金其芳應該在家，可二樓房間窗戶呈現出來一直都是漆黑一片。

莊友彰猜想，金其芳此刻應該難過的躲在被窩裡頭，想把自己跟世界隔開。

另外一位關心金其芳的人，這時候也出現了。古又武手上拿著一小疊紙張，在金其芳家門口和莊友彰打了個照面。

「你也在這？」古又武見到莊友彰，對他說。

「你也是來看小……喔！不。你也是來看金其芳嗎？」

古又武不好意思，拿起手上那疊紙，對莊友彰說：「金其芳昨天跟今天都沒有來上課。身為班長，我是來把這兩天小考的考卷和老師發的講義拿給她。」

「你真是個好班長，金其芳知道一定會很開心。」

「還好啦！」

被莊友彰稱讚，古又武有點不好意思，畢竟拿講義、考卷來不過是個理由，他本身和莊友彰一樣，都很關心金其芳會不會受到這次的打擊而倒下。他看莊友彰按了門鈴，卻沒有人來開門，對他說：「沒有人應門嗎？」

「我猜金其芳一定有聽見，但應該是她叫家裡的阿姨不要開門。」

「家裡的阿姨？」

「金其芳家有負責打掃、煮飯的阿姨。白天大人不在家，就是阿姨在家打理家裡的情況。」

「你怎麼會那麼清楚？對了，我之前好像聽到你叫金其芳『小姐』？」

「因為我爸爸是鎮裡的工友，也是鎮長家的長工，我從小就認識金其芳了。」

「所以你們是青梅竹馬囉？」古又武有點酸酸的說。

「我們不是啦！她是鎮長家的小姐，我、我只是普通人罷了。」

看來又是一個跟自己一樣，對金其芳來說不怎麼重要的小人物。古又武這時反倒對莊友彰有種認同感，因為在他身上好像看到自己的投影。

他拍拍莊友彰的肩膀，對他說：「放心，我爸爸常說男人年輕怎麼樣不重要，只要好好努力、好好打拼，有一天一定可以開創自己的一片天。」

「我也希望。不過，就算沒有也沒關係。我不奢求什麼，只希望小姐能夠平安就好。」

莊友彰還是覺得自己稱呼金其芳「小姐」，講起話來會比較順口。剛剛本來顧慮著不敢說，現在既然古又武已經知道自己和金其芳的關係，就大剌剌的說出來。兩人在門外，半天見不到人，都不知道該怎麼辦。

「你們兩個人，打算在這裡站到什麼時候？」古又文冒出來，站在莊友彰和哥哥身後，對他們說。

「弟弟，你怎麼跑來了？啊！我來這裡的事情，你可千萬不要跟爸爸媽媽說。」古又武對弟弟耳提面命道。

「我知道啦！你以前跟我講過關於金姊姊的事情，我可一件都沒有說。」

古又文這樣一說，連莊友彰都聽出來古又武肯定是對弟弟說過金其芳許多事。

古又武想要對弟弟發怒，但發怒等於自己默認弟弟講的是真的，一下子慌了手腳，半天想不出法子回應，只好嘆口氣，說：「算我講不過你，你快說怎麼連你也跑來了？」

「當然是因為關心姊姊，所以才跑來啊！」

「什麼時候金其芳變成你姊姊了？」

這次換古又文嘆氣。看一個八歲小孩子嘆氣，古又武覺得弟弟真是有說不出的老成。

「其實今天事情變成這樣，我覺得自己有責任……」

接下來，古又文把自己被欺負，然後金其芳想主意幫他教訓五年級王憨吉等人的事情一五一十的對大家說了。

聽完古又文的描述，古又武和莊友彰終於瞭解為什麼金其芳會被誤會。如果不是金其芳幫古又文保守秘密，她大可以將王憨吉欺負古又文的事情講出來，這樣她就不會被當成惡作劇，老師們就會知道她其實是為了保護學弟。也因為這個之前的誤會，造成後頭人們一連串的聯想，對於金其芳的誤解也就越來越深。

「弟弟，你怎麼沒有跟哥哥說呢！難道你覺得哥哥不能幫你嗎？」此外，對於弟弟被欺負，自己沒有幫上忙，古又武很自責，對弟弟微微氣憤的說。

「我只是不想讓你，還有爸爸媽媽擔心嘛！」

「以後不要再這樣了，知道嗎？」古又武抱著自己的弟弟，很心疼的對他

說。古又文抱著哥哥，對他允諾以後不會再對哥哥有任何隱瞞。

瞭解蚯蚓事件的經過後，三人對金其芳的信賴感與崇拜更增添一分，更讓他們有股動力，要幫助金其芳洗刷她所受到的冤屈。

古又武又按了幾次門鈴，莊友彰則是雙手拱成大聲公的形狀，對金其芳的房間大喊：「小姐！不要再一個人面對大家的誤會了，快點下來！我，還有你們班的班長，還有你之前幫助的二年級學弟都來了。大家都相信妳，都想幫助妳。拜託妳下來聽我們說！」

門後頭，傳來急促的腳步聲，以及女人絮絮叨叨的聲音。

門被打開了，金榛榛探出頭，見是三個孩子，對他們說：「你們大白天的嚷嚷什麼勁兒？你不用睡覺，別人還要睡覺呢！」

古又武等人有點疑惑，現在可是星期六中午過十二點，哪有人大中午睡覺的？他們可不明白金榛榛的作息，幸好莊友彰之前聽過好幾次金其芳的抱怨，猜到這應該就是那位傳說中作息日夜顛倒的堂姊。

金榛榛本來還想教訓三人幾句，莊友彰此時反客為主，對她說：「姊姊，請問金其芳在家嗎？我們是她的同學，有話想要跟她說。」

「其芳？應該在吧！我剛剛出來的時候看見她的鞋子放在玄關。你們每個人都面色凝重的，發生什麼事了嗎？」

「咦！姊姊妳不知道嗎？」莊友彰詫異的問。

為了讓金榛榛瞭解狀況，好讓他們進去。古又武把金其芳被誤會的經過對金榛榛說了一遍。

金榛榛聽完，摸摸下巴，對三人說：「原來是這樣。可憐的孩子，竟然被大家給誤會了。好！你們跟我進來。」

金榛榛領著古又武三人，直接衝到金其芳房間外。金榛榛拍打金其芳的房門，對裡頭說：「其芳，妳在嗎？其芳！」

金其芳本來不想理會外頭的人，被堂姊的敲門聲吵得實在受不了，只好把門打開。見到古家兄弟和莊友彰，對他們苦笑說：「你們都來啦？」

「對啊！我們想要告訴妳，我們都相信妳，也都決定要站在妳這一邊。」莊友彰對金其芳說。

「傻瓜！」金其芳聽見莊友彰誠摯的話語，以及古又武和弟弟誠摯表達信任的眼神，內心有股暖暖的熱流通過，本來受傷的心一下子好得多了。

古又武見金其芳沒有掛著紅腫的眼袋，只是穿的十分樸素，但看起來大致沒有非常難過的樣子，放下心中一顆大石頭。古又文故意取笑哥哥，對他說：「哥哥，其芳姊姊看來沒事，你應該放心了吧？」

「嗯！」古又武很自然的回答，然後馬上就發現大家都在看著他，這才發現又著了弟弟的道，不小心把自己的心意顯露出來。

金榛榛剛才聽完古又武三人告訴她堂妹被誤會的事件，現在見到堂妹看起來還蠻正常的，沒有很難過，對金其芳說：「妳看起來還好嘛！我還以為妳會哭得眼睛腫得跟金魚一樣。」

「哼！我才沒那麼遜。」金其芳談到自己被誤會的事情，怒道。

「其芳，我們大家都想幫妳，可是我們都不知道該怎麼幫才好。」古又武說。

「這個簡單，你們以為我金其芳會就這樣放過可惡的尪仔賊嗎？本來他和我井水不犯河水，可是既然他害我被大家誤會，我一定要把他找出來，將真相公諸於世。」

「妳想要抓尪仔賊，會不會太不自量力了？」古又武不敢相信的說。

「尪仔賊又是什麼東西？」金榛榛對於尪仔賊事件也沒聽過，大家又費了一番工夫，她才明白。聽完後，金榛榛笑著說：「好有趣喔！原來鄉下地方也會發生這麼有趣的事情。」

「才不有趣呢！」金其芳無奈的跟堂姊說。

然後對大家說：「昨天到今天我都在家想著要怎麼抓到尪仔賊，你們願意助我一臂之力嗎？」

古又武、又文和莊友彰，他們完全不用考慮，內心便已經有堅定的答案，

回答道：「當然！」

金其芳帶著他們走進房間，然後從桌上拿起一疊四開圖畫紙給他們看，只見第一頁圖畫紙上頭寫著幾個大字：「尪仔賊捉拿計畫」。然後向所有人介紹：「這裡頭是我這兩天想出來要逮住尪仔賊的計畫，我想只要我們照著做，一定可以把尪仔賊抓住。」

「沒錯，我們一定要把他繩之以法。」古又武附和說。

「既然大家都要加入，那麼我們是不是應該幫團隊想一個名字。」古又文提議說。

「這個我也早就想好了。」金其芳笑說。

「是什麼？」莊友彰問道。

「就是『小飛俠偵探團』！」金其芳得意的說。

大家馬上聯想到卡通科學小飛俠，古又武說：「聽起來好棒！可是如果是小飛俠，我記得電視上有鐵雄、大明、珍珍、阿丁和阿龍五個人。其芳當然是我們的隊長，可是加上我們也才四個人。」

金榛榛見孩子們竟然用卡通為靈感組成偵探團，對於孩子們的天真感到十分興奮。她唸書多年來，那對於探究問題真相的赤子之心已經不知道在什麼時候消失了。現在，她又重新感受到只是純粹想要解決問題的單純。

「我有主意了！」古又文叫說，然後望向金榛榛，說：「加上大姊姊，我們就有五個人啦！」

金榛榛沒想到自己竟然被算進來，驚訝的說：「什麼？」

「對耶！剛好科學小飛俠裡頭也有一個隊員叫『珍珍』，跟妳名字唸起來一樣，那就這樣決定囉！」金其芳趁機把堂姊拉進來，還暗示她跟大家一樣根本是還沒長大的小朋友。她本來料想堂姊會生氣，但金榛榛覺得這件事情一方面有趣，二方面還是要有一個大人陪同會比較好，確保不會發生意外，便爽快的答應了。

小飛俠偵探團，就在金其芳的房間成立。

第十六章

找出答案

金其芳的計畫是這樣的，第一步就是要逼一直躲在暗處的尪仔賊現身。因為如果他不現身，也不知道要去哪裡才能找到他。

「可是，要怎麼樣才能讓尪仔賊現身呢？」古又武疑惑的說。

「我這兩天仔細想了想，尪仔賊出現的時間肯定是晚上，因為只有晚上才能夠避開眾人犯案。但犯案必須有目標，我們可以創造一個目標，迫使他出來犯案。」

「有道理，果然我們金家的女生頭腦都不錯。」金榛榛也贊同堂妹的想法。

「所以要怎麼做呢？考卷、銅像、操場、公佈欄，我看不出這些事情有什麼關聯性，我們根本不知道尪仔賊對什麼樣的目標有興趣。」古又武又問道。

「這倒是……」金其芳翻開她的計劃圖。自己設定了許多目標，譬如尪仔賊可能會闖進校長室偷走校長寶貝的匾額，或是把教室玻璃打破，但這些目標都只是她的猜想。

「真沒想到來趟鄉下，竟然還有機會運用到我的專業呢！」金榛榛跟著說：「就我唸心理學的知識，聽你們說過尪仔賊曾經下手的案件，我推測他是一個有著渴望被群眾注目的一個人。所以我們只要投其所好，應該能讓他出來犯案。」

「也就是我們要讓他受到關注嗎？」古又文說。

「沒錯！」

「我懂了，所以我們要設想一個十分吸引尪仔賊的目標，這樣他才會下手。嗯……並且因為目標被我們掌握，所以我們只要監視這個目標，就可以逮住尪仔賊，對吧！」金其芳過去一直以為堂姊只是一個笨蛋，今天才發現原來堂姊腦子裡頭很有料，只是之前都沒有展現出來。

「可是詳細的內容要怎麼計畫呢？」

「這個嘛！或許有一個人可以幫上忙，我們先擬出大略的作戰計畫，然後我再請那個人給我們意見。」

「好！」

包括金其芳在內，五個人有的趴在地上，有的坐在椅子上，有的拿床鋪當成桌子，一邊對談、討論，一面將計畫內容寫在各自的圖畫紙上。有時候大家都想不出什麼主意，就各自思考著，想到什麼好辦法便寫下來，然後再進行討論。討論中，時間過得很快，不知不覺太陽下了山。

這天開始，每天放學後，古又武帶著弟弟和莊友彰都會來到金其芳家，和她與金榛榛一同討論和計畫。鎮長和金爸爸剛開始搞不清楚情況，金榛榛掩護堂妹，跟他們說這些都是其芳在學校的好朋友，他們擔心其芳，所以每天都來這裡分享老師上課的內容，而她身為長輩，就充當在旁指導的家教。鎮長和金爸爸經過金其芳房間，也都聽到他們似乎在討論著什麼，沒有吵鬧聲，也就相信金榛榛所講的話。

經過三天的籌劃，金榛榛將擬定好，共六頁四開圖畫紙份量的計畫整理成一張簡要的流程圖。然後從客廳打電話給那位她所說可以幫上忙的人，聽取意見後再將計畫稍微修改一番，終於將「尪仔賊捉拿計畫」完成。

金其芳在家休息了近一週，重返校園的第一天，小飛俠偵探團展開他們的行動。

模範生選舉在進行過所有模範生於升旗典禮的政見發表後，於金其芳返回校園這一週的禮拜三，下午第一節課進行全校投票。

校園內，大家還是對金其芳指指點點，但金其芳已經不再畏懼大家的眼光，她只寄望這個計畫能夠為自己洗刷冤屈。這一次，她的信心不是來自自己一個人的好頭腦，也不是自己的美麗臉蛋，而是誠摯的友誼。她真正覺得自己不是孤單一個人，身邊有就算大家都誤會她，仍舊會勇敢跳出來挺她的知心好友。

升旗典禮開始，唱完國歌，校長、主任和幾位老師陸續報告一些行政和教學事項。訓導主任不忘交代大家：「這個禮拜三下午第一節課於禮堂進行模範生投票，請各位同學那天務必要遵從各個班級安排的時間前往。另外，請不要破壞選票或做出其它影響投票的行為……」

說到最後，訓導主任對全校同學說：「對於以上交代的事項，有沒有同學有任何問題？」

通常當老師在司令台上發問，尤其是在全校師生面前的場合，沒有人會大膽的舉手。然而，金其芳在隊伍中舉起了她的手。

訓導主任沒想到有人會舉手，在台上楞了一下，見是金其芳，透過麥克風說：「那位同學有什麼問題？」

金其芳從隊伍中走出來，一步步踏上司令台。訓導主任沒料到她會這麼大膽，把麥克風前的位置讓給她。

對著麥克風，金其芳閉起雙眼，將內心的緊張情緒壓抑下來，深呼吸一口氣，然後睜開眼睛，對麥克風說：「我有一件事情要說。」

金其芳指著全校同學們，從左邊指到右邊，又從右邊指回左邊，並且說：

「我知道尪仔賊就在你們之中。」

金其芳的發言讓現場所有人都躁動起來，大家都對左右的人談論金其芳的話。

訓導主任見狀，想要過來拿回麥克風的主導權。金其芳狠狠的瞧了訓導主任一眼，裡頭有她對自己平白被誤會的怨氣。訓導主任自知理虧，踏出的腳步又收了回去。

待司令台下眾人鼓譟的聲音稍微停歇，金其芳對麥克風，語出驚人的說：「尪仔賊你聽好，為了洗刷我的冤屈，在此我金其芳向你提出挑戰！賭上我鎮長阿公的名字，我發誓一定會將你這個欺負少女的大壞蛋繩之以法！」

原先以為金其芳可能是在開玩笑的人們，都被金其芳展現出來的氣勢給震懾住，他們這才明白意識到金其芳是非常認真的想要證明自己。湯老師見自己的學生，那嬌小的身子中竟有如此強烈的勇氣，內心激盪。雖然自己始終相信金其芳不是會做破壞公佈欄事件的孩子，但面對主任的壓力，他還是屈服了，並沒有真正為自己的學生據理力爭。

接下來，金其芳對台下眾人露出她那一貫沉穩又有點大小姐驕矜的招牌笑容，從口袋中拿出一張粉紅色、長方形，和往年選票一樣大小的紙張，說：「尪仔賊你聽著，禮拜三進行的模範生投票，我會在投票箱投下這張粉紅色的紙。如過你有辦法將這張紙偷走，我金其芳以後就改叫金尪仔。但我猜你不會出現，因為你做不到，因為你只是個躲在暗處做壞事的膽小鬼，因為你怕被我這個小朋友給抓到！」金其芳越講越氣憤，語調越拉越高。

湯老師和訓導主任怕金其芳太激動，想把她帶下司令台。金其芳對老師說：「我沒事，可以自己走。」走下司令台，回到隊伍的途中，金其芳與古又武、莊友彰和古又文眼神交會，他們已經完成了計畫的第一步。

金其芳於升旗典禮上造成意外的插曲，讓校長、主任和老師們共同開了一個會，大家商討如果尪仔賊真的聽了金其芳的話，前來動投票箱的主意，是否應該把投票的時間延後，或是乾脆取消。

訓導主任對那些畏懼尪仔賊的老師們，他們所提出想法表達不以為然的態

度，說：「尪仔賊不過就是個小毛賊，怕什麼！他有種就來，我才不相信光天化日的他敢做什麼。投票是在下午第一節進行，結束後立刻計票，根本不可能有人能夠在有多位老師和同學共同計票的情況下把票偷走。」

湯老師也表示了他的意見，說：「我贊同主任的話。並且這也是一個機會，我們應該跟警局的李隊長聯繫，或許因為金其芳的發言，我們有機會把尪仔賊給抓住。」

也有老師有不同的聲音：「可是那個尪仔賊有那麼笨嗎？在投票、計票這種不可能的場合跑出來，根本擺明就是要被我們抓嘛！」

會開了一個多小時，最後校長綜合大家意見，做下決議：「綜合大家的意見，我想投票的日程就不更動了，但是當天我們老師們會全部動員，也會聯絡警方配合。如此一來可以保護選舉順利進行，並且如果尪仔賊真的出現，有警察在肯定能將他抓住。」

會後，選舉的日程不改變的消息放了出來。大洋國小上上下下的孩子們都很興奮，大家對於金其芳的態度又有了轉變。

「金其芳超帥的，竟然敢向尪仔賊提出挑戰！」

「學姊好英勇喔！她都不怕萬一尪仔賊找上她怎麼辦。」

「金其芳敢這麼說，是不是就證明之前公佈欄被破壞的事件不是她幹的呢？」

有人覺得金其芳很有勇氣，也有人抱著好玩的心態在看這件事。總之，大家都在等待投票那一天，因為尪仔賊很有可能會在眾人面前現身，與全校最聰明的才女來場正面對決。

公佈欄
第十七章
團結力量大

「這樣真的能夠把尪仔賊引出來嗎？」金其芳房間內，小飛俠偵探團的成員在計畫啟動那天的放學後，再次聚在一起開會討論。

「按照我朋友的說法，這麼直接的挑釁一定能引起尪仔賊的關注。我想有百分之七十以上的機會，他會冒險來偷選票。」

「百分之七十？這不就等於說有百分之三十的機會，尪仔賊可能根本不會出現嗎？」古又武悲觀的說。

「哥哥，我們要對姊姊們有信心！」古又文鼓勵哥哥，朝他背上用力拍了拍。

「姊姊妳剛剛說的只是其芳小姐完成計畫第一步的效果，還沒有加上我們幾個人進行計畫第二步的成果吧？」莊友彰跟著關心計畫的進度，問道。

「沒錯！第一步應該能讓尪仔賊有七成的機會現身，通過第二步，相信可以把機率拉高到接近九成。」金其芳等人的計畫第一步，就是先把挑戰的訊息放出去，然後讓很渴望受到群眾注目的尪仔賊為了讓大家更關心他，不要錯過

大家期待他出現的眼光而現身。但為了確保尪仔賊真的會出現，計畫的第二步就是要增強尪仔賊必須要出現的動力。這個部份就要依靠古家兄弟和莊友彰配合，他們在金其芳結束對尪仔賊的宣戰後，便在校園中透過各自的朋友和同學，不斷的施放各種訊息。

「尪仔賊那麼沒有膽量，一定不會出現。不相信的話，我跟你們賭十塊！」古又文對低年級的同學們，一一用打賭的方式，讓大家聚集過來。

「我猜尪仔賊肯定不會接受金其芳的挑戰，畢竟大白天要把一張選票偷走，這根本不是人能做到的事情，我看他出現的機率，就像外星人出現在白河鎮一樣低。」古又武以自己一向表現出來的好頭腦，告訴大家自己推算尪仔賊出現的機率，讓大家同意他的看法。

「我跟你們大家說，尪仔賊出現肯定會被警察抓起來，我就不信他那麼厲害，可以在警察和老師面前把選票偷走。」莊友彰有一票哥兒們，他們不是那麼在意模範生選舉，但莊友彰的話讓他們都開始關切起這件事情。

三個人各自出力，對於尪仔賊不可能挑戰成功的看法成為學校中大多數人的看法，大大增強對於尪仔賊的負面評價。如果尪仔賊真的是如同金榛榛以心理學觀點所分析的，是位非常重視他人眼光的人，那麼他將有可能被大家的看法刺激到，使得他反而要跳出來讓大家嚇一跳，看看自己的能力。

「尪仔賊會不會中計呢？」偵探團的團員們各個抱著忐忑不安的心，屏息以待。禮拜二，來到選舉投票前一天，在這個決勝的日子，全校各個班級的模範生，他們和團隊利用下課時間，尤其是中午用餐的時候出來和同學們拜票。

六年六班果然拿出無關勝負，只問有趣與否的心情參與選戰，裡頭有幾位在鎮裡的廟頭見習八家將的同學，他們從廟裡弄來大鼓和鑼，還有人拿出舞獅用的獅頭，在走廊上鑼鼓喧天的敲打，聲勢浩大。

「明天投票，請務必投給六班羅志偉！羅志偉當選，保證替大家向學校爭取以後不要再考期中考和期末考，只要戶外教學記得要烤肉就好！」

相較於六班的高調，其它班級的候選人低調的多，只是在同班同學的簇擁

下，一間一間教室走進去發放傳單。大洋國小在這一天，有股春節的歡欣鼓舞氣氛。孩子們像是小大人般，候選人努力爭取選票，擁有選票的同學們聽著不同候選人的政見，然後各自做出判斷，大夥兒將模範生選舉的精神表達的很好。這一天來到計畫的第三步驟，金其芳帶著偵探團成員來到投開票的禮堂，偷偷的將他們設計好的機關放在禮堂中佈署的預定點。為了這次選舉，投票前一天學校竟將禮堂關閉。在禮堂外頭，前門和左右側門都各有一位老師和一位員警駐守，不允許任何人進入。金其芳等人觀察守衛森嚴，交頭接耳道。

「跟預測的一樣，學校老師和警察提前一天把守禮堂，不讓人有機會進出。」

「嗯！這樣一來尪仔賊所能犯案的空間就更小了。」金其芳上台挑釁的對象，除了尪仔賊，其實還有學校的師長。正是因為尪仔賊可能出現，師長們才會勞師動眾，包括通知警方配合，將禮堂給封閉起來。

試想禮堂如果沒有封閉，大家還是一樣可以自由進進出出，在禮堂上體育課，那麼就會有很多人有機會在這個即將投開票的場所有犯案的空間。現在大家都進不去，那麼特意會挑守衛減少的時間點接近禮堂的人，很有可能就是尪仔賊。警方白天配合，但晚上警力就少了一大半。

五點過後，警方只剩下一位員警顧守，警方也想抓到尪仔賊，但他們不認為尪仔賊會笨到出現在投開票的時候。這位來支援的員警，還是因為資歷太淺，前輩們都不願意半夜來這裡通宵守夜，被李隊長命令才不得已接下這個任務。相較於警方的態度，老師們積極很多，呂阿台、湯老師和另外一位男老師都留下來守著禮堂。因此雖然少了兩位員警，但老師還是維持三位，確保每個出入口都有人看守。

就在老師和警員看不見，於禮堂四周校內路燈照不到的樹叢後頭，偵探團的成員們也在監視著這裡的一舉一動。孩子們今天能夠出來，也算是天時地利加總在一起的結果。每個禮拜二晚上白河鎮都有夜市，金其芳有堂姊掩護，表面上跟家裡報告要出門逛夜市，實際上是跑來這裡觀察情況。

金其芳和堂姊盯著禮堂正門，兩個側門則分別由古家兄弟和莊友彰看守。因為莊友彰看守的側門幾乎沒有遮蔽物，金其芳等人推測尪仔賊最不可能突破的地方就是這裡，所以就讓他一個人負責。

本來莊友彰還擔心被發現，幸好看守這扇門的是湯老師，湯老師帶著厚重的眼鏡，視力並不是太好，夜色中倒也沒有發現其實沒有什麼遮蔽物，只能躲在一棵大樹後頭的莊友彰。孩子們各自想盡辦法拖延回家時間，但約莫十點一到，這已經是他們必須回家的底線，因為夜市十點結束。儘管不情願，偵探團的成員們還是必須暫時放下監視的工作。只有莊友彰，他自告奮勇的留下來。

「你們回去吧！這裡交給我一個人就行了。」

「友彰，這樣怎麼可以，你不回家爸爸會擔心的！」金其芳想到好友要在寒風中一個人度過，不忍心的說。

「放心，我爸爸他今天晚上到隔壁鎮上找朋友喝酒去了，整個晚上都不會回來。」金榛榛不知道莊友彰家庭情況，這時聽他說才大概知道莊友彰是在一個單親，且父親偶爾把孩子單獨丟在家裡的環境中長大。也勸他說：「回家吧！姊姊是大人了，等我把其芳送回去，晚一點可以來幫大家守夜。」

「沒關係，真的！」莊友彰十分堅持，大家都沒有辦法勸得動他，只好任由他留下來。

「好吧！那你先在這裡一個人看著，我等會兒就來。」金榛榛說。

回到家，在玄關處金其芳問堂姊：「姊，妳覺得我們的計畫會成功嗎？」

「我也不知道，我們只能相信上天不會欺負善良的人，給壞人囂張的機會。總之，我們盡了自己的本分，其它的事情就交給上天。」

「姊，謝謝妳。」金其芳對金榛榛道謝，然後為了不讓家人起疑，用開朗的聲音跑進客廳，跟阿公與爸媽說說自己逛夜市的愉快心情。

等到全家人都回到房間就寢，金榛榛下到一樓，準備出門去支援還在大洋國小體育館外監視的莊友彰。她臨行前左想右想，還是怕會出亂子，為更加確保計畫能夠順利，她再次打了通電話給那位倚賴的朋友。

公佈欄
第十八章
尪仔賊的末日

終於，大洋國小模範生選舉日，這個充滿張力的禮拜三隨著太陽冉冉升起，宣告它的到來。

整個上午，學生們都鬧哄哄的，他們無心上課，大家的心思都放在下午的投票，以及尪仔賊可能出現的場面。老師們各個也是心中七上八下，今年的選舉可不同往年，天知道會發生什麼讓老師們手足無措的意外。李隊長則是一早就帶著三位員警，一行四人進入大洋國小，再次檢查禮堂的進出情況。

前一晚負責守夜的員警和三位老師，都表示整晚沒有異狀。

訓導主任跟在李隊長身邊，同他交談：「你看尪仔賊會出現嗎？」

「現在談這個還太早，昨晚沒有人進出，其實也在我們意料之內。本來選票昨天就還沒投進投票箱，而那張粉紅色的選票在金同學身上，要達成『從投票箱中把粉紅色的選票偷走』的計畫，只有等到今天投票結束才有可能實現。」

「但是我們昨晚鎮守在禮堂的出入口，至少可以保證不會被尪仔賊早一天

滲透進去禮堂，確保禮堂不會有人在當中埋伏。」

「沒錯，這就是我們的目的。主任，說真的我不認為尪仔賊會出現，他應該沒那麼蠢才是。」李隊長覺得多一事，不如少一事。後來沒有再發生找國父麻煩之類的事情，上頭也不再追問。校園裡頭發生內部事件，這可不是他關心的範圍。

上午最後一節課的下課鐘聲敲響，意味著接下來便是午餐時間，而午餐時間結束是午休時間，跟著即是下午第一節課，開始進行模範生投票。

金榛榛因為不是學生，所以不能參與今天的活動，只能夠在門外候著。金其芳帶著偵探團，中午用餐時間沒有一個人能夠吃得下飯，大家都專注在即將到來的對決上。

為了不要讓尪仔賊起疑心，金其芳並沒有跟團員在校內有任何接觸的機會，古又武跟她同班，從近距離觀察金其芳四周的人。出了教室，莊友彰和古又文，他們都從各自能更看見金其芳的位置，默默守護著她。畢竟如果尪仔賊提早下手，金其芳可能就會有危險。過去以來的事件，尪仔賊沒有傷害過人，可是誰也不能保證他會不會因為被激怒而痛下殺手。

此外，另一個原因當然就是為了觀察可能是尪仔賊的人物。

時間一分一秒的過去，這天的午休時間，根本沒有學生在睡覺，老師見管制不了學生們興奮的心情，也就由著他們去。午休時分，大家都在討論投票和尪仔賊的事件。幾位同學還跑去跟金其芳加油打氣。

「其芳，我相信妳不會輸給尪仔賊，大洋國小的名聲就靠妳來維護了。」

「金同學，加油！讓尪仔賊知道我們鎮長孫女的厲害。」

聽到同學們，不管是認識或不認識的人給予自己的鼓勵，金其芳覺得這個世界真有趣。人們可以在上一秒討厭妳，下一秒又變得很喜歡妳。人的心情不斷變動，就像捉摸不定的天氣。

下午第一節課，悄悄的來臨。金其芳故意坐在操場草地上，表面上是跟姊妹們聊天，實際上是在考驗尪仔賊。

投票時間從第五節課開始，各個班級按照學校規定的時間整班前往禮堂內。先是領取選票，並且在選票上，對於自己支持的候選人，在其名字上方的格子內蓋上戳記，最後將選票投進禮堂內的投票箱。

禮堂內有三個投票箱，所以能夠讓全校學生都在第五節課這一節課的時間內完成投票。

第一個進行投票的是學校老師們，而六年一班是全校最後一個進行投票的班級，所以尪仔賊能夠下手的時間相對來說也更短了。

當金其芳走進禮堂，老師、員警和其他同學都注視著她，她沒有領取一般白紙打印的選票，而是從口袋中拿出那張曾經在司令台亮出的粉紅選票。

在選票上蓋上戳記，金其芳拿著選票，一步步走向投票箱。短短十多公尺的距離，彷彿有一公里那麼長。金其芳可以聽見自己的呼吸聲，因為緊張而急促，還可以感受到四周大家都在凝視自己，注視著自己將選票投進票匭的瞬間。

「尪仔賊會在這時候出現嗎？還是等一會兒呢？」金其芳想著。

粉紅色的選票投進票匭，決戰進入最後關鍵階段。

六年一班全班同學完成投票，在班長的帶領之下回到原班教室。此時已經接近下課時間，金其芳跑去跟古又武說：「我想要去廁所，可以嗎？」

古又武當然早就知道金其芳會這麼問，去廁所只是理由，目的是回到禮堂附近監視。他還刻意表現出考慮的樣子，才勉為其難的說：「好像快下課了，那妳就去吧！」

古又武回到教室，教室裡頭沒有老師在，因為老師們都到禮堂幫忙選務。他站在走廊上，望向禮堂。莊友彰班上沒有老師，班長也懶得管，他連通報都不用，逕自走出教室，前往禮堂。

第五節下課鐘響，投票正式結束。老師們將三個投票箱打開，然後將選票全部往禮堂地上，畫有四方格的位置集中堆放成一座小山。過去開票其實沒有這麼做，只需要老師們從打開的投票箱中拿出選票，然後由另外一位老師唱名即可，甚至三個票箱可以同時進行開票。但這次因為尪仔賊可能出現，於是採取現場眾人都能見到開票情況，完全透明的方式。並且由六年級學生的選票先開，盡可能減少粉紅選票停留在投票箱中的時間。

選票倒下，在一片片雪白的選票底下，粉紅色的選票就在其中。

因為是下課時間，孩子們聚集到禮堂外，將三個門擠得水洩不通，大家都想看看投票結果。

「二班一票、二班一票、三班一票、五班一票……」負責唱票的是一位聲音嘹亮的音樂老師，負責將票從票堆中拿起來亮給大家看的是呂阿台老師，而湯老師則是站在旁邊負責核對的另一位老師，將唱完的票看過並確認無誤後，便會將票放回倒出選票後變得空無一物的投票箱中。

本來堆成像山一樣的選票，每被抽起一張，就少一張。小山漸漸變成小坡，又逐漸變成平原。金其芳的粉紅色選票好像頑皮的孩子，硬是要躲在最裡面不現身。氣氛緊張，幾乎所有人都忘了下午還有第二節課。

「不會吧？」可是當選票已經開到接近尾聲，在場眾人簡直不敢相信自己的眼睛。粉紅色選票沒有出現，可是地上已經沒有多少選票。旁觀的同學鼓譟起來，而湯老師和訓導主任都覺得事情似乎有點蹊蹺，兩人趴在地上，在為數不多的選票中翻來找去。

「這、這怎、怎麼……怎麼可能……」訓導主任驚訝得講話結巴。李隊長也過來看，跟著翻了一遍，用沮喪的語氣說：「粉紅色的選票……不見了。」

李隊長的話讓在場學生和老師互看彼此，大家都是親眼見到金其芳將選票投進票匭，也是親眼見證沒有人曾經試圖打開投票箱，並且連開票的過程，都是在完全公開的情況下進行，尪仔賊到底是用何種手法竊取了粉紅選票。

「不可能會有這種事！」李隊長覺得自己竟然會被一個不知道從哪裡冒出來的傢伙耍，氣急敗壞的吼道。跟著吩咐員警：「所有在禮堂裡頭的人都不準離開，我要一個一個搜身，肯定是禮堂裡頭的人將選票摸走了。」

老師們可不樂意被警員們搜身，尤其是幾位年輕單身的女老師，她們大力

的反對李隊長的意見。李隊長此刻在氣頭上，他才不管那麼多，硬是要員警用公權力執行他的命令。可是大家都是同一個鎮上的鄰居、鎮民，要這樣撕破臉，警員們也有為難之處。於是警員和老師們，彼此你看看我，我看看你，都不願有所行動。

「等一下！」一位戴著黑框眼鏡，穿著西裝和亞麻外套，脖子圍著圍巾，約莫三十出頭的男士，跟著金榛榛走進禮堂。

李隊長向男士問說：「請問你是哪位？」

「不好意思。」男士將名片遞給李隊長，又說：「我是第一大學心理學系的博士助理教授，敝姓高。」

鄉下地方很少出現有博士頭銜的人，大家聽見博士來了，而且是第一大學的博士，都肅然起敬。

李隊長說：「請問高教授來到敝地，有何指教？」

「我幾天前接到研究所學妹的電話，說有要事請我幫忙，今天我就是來確保我幫的忙能夠有一個好結果。」高助教對金榛榛，拉拉自己的領口，說。

面對在場眾人，高助教說：「你們口中的尪仔賊，他確實就在這裡，並且神不知鬼不覺的犯下偷走粉紅選票的案件，而粉紅選票也在這個禮堂之內。」

「喔？」李隊長有點不屑的說：「這我也知道，所以我們現在正要進行搜身。」

「不，選票不在尪仔賊身上，所以你怎麼搜也不可能搜到。」

「你說什麼？」

「要想在光天化日，眾目睽睽之下偷走選票，只有一個可能。就是先把選票藏起來，然後等到大家都不在的時候，再把選票取走。如果我是尪仔賊，肯定會讓大家在隔天一早於學校公佈欄或是其它醒目的地方見到這張選票，並留下尪仔標，告訴大家自己幹了這一票。」

「哈哈！那你說他要怎麼把選票藏起來呢？雖然你是教授，也不可能解開這個謎吧？」李隊長聽了，不認同的輕蔑笑道。

第十九章 比當第一名更重要的事

「警官，你的邏輯有問題。如果真的辦不到，請問選票到哪兒去了呢？現在這個情況不就是告訴我們有人辦得到嗎？」

高助教一語道破李隊長話中的矛盾，李隊長被這樣一說，發現自己的說法確實有問題，氣得滿臉通紅，索性閉起嘴巴。

「不過，我們還是需要警方的協助。」高助教朝李隊長微笑，然後走向用完被放在禮堂牆邊的投票箱。

然後轉頭問眾人：「請問六年級投票的投票箱是哪一個？」

湯老師指著牆邊中間的那個投票箱。

高助教走近六年級投票的投票箱，見投票箱在將計完票的選票放回後，已經重新蓋上。

他沒有將箱子打開檢查，便說：「粉紅選票就在這個投票箱中。」

「哈哈！拜託，你不知道剛剛我們親眼見到這個投票箱中的票都已經放在計票的地板上一一唱票後放回，裡面怎麼可能會有粉紅選票？」

「當然有可能！」

李隊長這時明白要破案，真的不能單靠自己自以為是的官架子，收斂起脾氣，對高助教問說：「還請高先生指教。」

高助教對大家微微笑，好像自己在進行一場魔術表演，說：「歹徒是個極端聰明的人，他知道自己能夠下手的機會只有一個，也就是要接近投票箱。所以歹徒為了要達到這個目的，必須使用非常手段。可是，一般人要怎麼樣才能接近投票箱呢？一個方法就是一直守在投票箱旁邊，但周遭那麼多人，根本沒有辦法下手。尪仔賊知道一般人一定會這麼想，所以他反其道而行，在眾目睽睽之下，『偷』走選票。」

「原來如此。最危險的地方，就是最安全的地方。」金榛榛右手拳頭往左手手心一拍，說。

「我現場操作一次給你們看吧！」

高助教從口袋中拿出一張藍色的選票，然後走到圈票處，隨便畫了一隻烏龜，然後走到投票箱，將自己的選票投進旁邊的空票匭中。

接著他請李隊長協助他，將本來被挪到旁邊的空投票箱放回禮堂中央，然後把箱子打開，把選票倒出來。

票箱打開，一張選票從票箱落下，選票落在地上，卻是一張白色的選票。

李隊長不解的問：「我親眼看你把票丟進去，怎麼出來卻是一張白色的選票？」

「很簡單。」

高助教說，他把選票拿起來，翻了一面，大家這才發現這張選票兩面顏色不一樣。

高助教接著解釋：「其實這手法說出來不值錢，尪仔賊在開票的時候利用時間觀察其中出現的粉紅色選票。然後像這樣……」

高助教當場示範，他拿出一張白色選票，壓住粉紅色選票，然後將白色選票的背面貼著粉紅色選票，將其抽起，並順勢折成一半。

「尪仔賊應該在口袋中藏有膠水之類的東西，好讓他在發現粉紅選票時，讓手指頭沾上膠水，然後挑出一張選票，將粉紅選票黏在那張白色選票背後。但因為選票折起來了，只能看到白色選票正面，就是印有候選人格子的那一面，所以沒有人發現。就算驗票的人將票攤開，他也只會看到那張選票的正面。」

「可是，這個手法還有一個盲點。難道驗票的人不會發現膠水的痕跡，或是該選票比其它選票更厚？」

「有可能，所以歹徒要爭取時間，全校一千多張選票，如果是在開票開了七八成的時候來這一招，因為人都會有體力的限度，這時因為眼睛疲勞，很容易便會看走眼。如果這位老師還是位大近視，那就更方便了。」

「這招太險了吧！」李隊長說。

「沒錯，就是險中求勝啊！」

「這麼說來，尪仔賊是……」

「就是你！」

金其芳從人群中走出來，指著呂阿台老師，大聲說。

呂阿台老師一臉無辜，對眾人說：「怎麼可能，大家不要聽這個人亂說。」

他對高助教攤手說：「請問你有什麼證據說是我幹的？這位教授，你可不要冤枉好人。」

高助教問金其芳：「開票時妳有從頭看到最後嗎？」

金其芳點頭，並且把偵探團的夥伴們都叫出來。

大家確認彼此觀察的內容，然後說：「早上堂姊有特別告訴我們要注意選票，尤其是折起來的選票，我們發現中間出現過一張折起來的方式很特別的選票。」

「選票折起來很正常吧？大部分的人為了不要亮票，都會將選票折起來，我負責將選票從票堆中拿起來，會有折起來的選票也很正常。」

金其芳和同伴相視而笑，好像抓到了絕佳的證詞。高助教對金其芳擺手，示意要她接著說。

於是金其芳以炯炯有神的眼睛，對呂阿台老師說：「但是，只有一張折起來的選票，折起來的方式卻是正面朝外，反面朝內。老師您剛剛也說折選票是為了怕亮票，若是如此，把選票折起來卻是正面朝外，那不是矛盾嗎？」

古又武接著說：「正面朝外的目的很簡單，就是為了將底部沾粘的粉紅色選票藏起來。」

呂阿台啞口無言，轉移話題，開始說起自己沒有犯罪動機：「我在這裡服務多年，一直都是一位認真的好老師，有什麼理由要這麼做？」

「這個不是我的問題。」高助教說，又對李隊長道：「從剛剛開過票的選票中，一定能找出一張白色與粉紅色相黏的選票，並且那張選票上會有呂老師沾粘膠水的痕跡，和呂老師身上的膠水比對一下，便能知道是呂老師做的了。」

呂阿台見苗頭不對，悄悄移動腳步想要逃跑，李隊長機警的發現他的舉動，過去要抓住他。

但呂阿台畢竟是體育老師，轉身跳躍避開了李隊長這一抓，但口袋中卻掉出一罐膠水，當場百口莫辯。

第二十章 畢業紀念冊上的簽名

秋去冬來，冬去春回。

六年級的第一個學期，對於金其芳和古又武來說，充滿驚奇。過程中有愉快也有不愉快。幸好最後，結局是美好的，而這足以掩蓋所有不開心的過去。

畢業的腳步一天天逼近，六年級同學的心思都放在初中考試上。驪歌輕唱，大家還是不敢懈怠，因為在畢業典禮後，還是要回到學校進行輔導課，準備初中入學考。

畢業典禮在禮堂舉行，古又武坐在金其芳旁邊，他小聲對金其芳說：「妳還記得去年發生的尪仔賊事件嗎？」

「當然記得，誰忘得了！」

「真沒想到尪仔賊竟然是平常看起來笨拙的呂老師，真的是出乎大家意料之外。」

「也是呂老師平常刻意掩飾自己，大家才沒有注意到他。說實在的，我並不會恨呂老師，雖然他害我被同學們誤會了好一陣子。」

「我也是，我也沒有辦法討厭呂老師。聽李隊長調查後表示，呂老師其實壓抑很久了，他當年也是大洋國小畢業。國小被編到放牛班，一天到晚被當年導師和訓導主任嘲笑，說他只會玩尪仔標，未來只能挑牛糞、撿破爛。誰知道當年的導師和訓導主任，後來竟然成為大洋國小的訓導主任和校長。呂老師回母校任教見到他們，就想到當年被他們諷刺的痛苦。」

「其芳妳也算倒楣，剛好碰上校長要退休了，呂老師才會在去年發動他的報復行動。」

「唉！升學主義的社會，大家都被要唸公立學校才有好未來，聯考成績代表一切的迷思給壓得喘不過氣。其實，我能明白呂老師的痛苦。」

「呵！最好是。妳從小到大都是第一名，我每次都只能排在妳後頭，妳說能體會在放牛班的心情，一點說服力都沒有。」

「這，我覺得自己越來越說不過你了。」

金其芳和古又武從那次事件後，兩人不再因為競爭而疏遠彼此，變成無話不談的好朋友。兩人鬥嘴到一半，畢業典禮也進行到一半。

司儀在講台上，透過麥克風說：「請畢業生代表，六年一班金其芳同學致詞。」

金其芳走上講台，自己最愛的阿公、爸爸和媽媽，還有堂姊榛榛都在坐在家長席，為她喝采。她帶著畢業紀念冊，攤開在講桌上，打開第一頁，裡頭夾著擬好的講稿，對眾人說：「老師、各位家長、各位同學，大家好！我是畢業生代表，六年一班金其芳。光陰荏苒，六年的時間一下子就過去了。我在這裡學習到很多，其中最重要的一件事，卻是到了六年級才學會，那就是『友誼』。」

說到這兒，金其芳望向同班的古又武、坐在五年級區的莊友彰，以及坐在家長席跟古爸爸、古媽媽一起的古又文。繼續說：「以前我一直以為什麼事情都可以靠自己一個人完成，但最後我才發現我錯了。有很多事情必須仰賴其他人，生活溫飽需要依靠父母；學校求學需要仰賴老師；在社會上需要透過與社

會上各階層的人們彼此分工，才能共同創造一個美好和諧的社會。儘管人與人相處難免會有誤會，會有嫌隙，但這都不能掩蓋人與人之間交往，彼此互助的美好。光靠自己一個人沒有辦法在社會上生存。所以，我要趁著代表六年級同學上台的機會，對爸爸、媽媽、阿公，還有所有愛我的及我愛的家人、朋友與老師，獻上我最大的敬意與感謝。」

金其芳眼眶泛紅，回想這六年來，自己許多不懂事的地方，都被愛自己的人默默的包容。自己能夠長到今天這麼大，是許多人共同賜與的恩惠。她又想要流淚了，但這次流下的將是喜極而泣的眼淚。

「謝謝大家，謝謝。」金其芳對台下所有貴賓深深一鞠躬，同時讓眼淚灑在講台的木頭地板。

不知從哪裡來的風，吹動講桌上的畢業紀念冊。頁面翻動，露出其中許多頁，同學們留下的簽名。其中有一頁金其芳保留給特定的三位朋友，來自他們的留言。

果然畢業生代表選拔又輸給妳了，我一輩子都不會認輸的！

又武

姊姊，謝謝妳讓我學會什麼叫做堅強，以後我會努力向學，做個跟妳和哥哥一樣優秀的人。

又文

其芳小姐，妳先我一步要上初中了呢！雖然我不知道自己還會不會繼續唸書，但以後無論妳遇到任何麻煩事，我都會繼續守護妳唷！

友彰

他們是小飛俠偵探團的夥伴，這一頁所寫的不是來自普通朋友的信息，而

是摯友的祝福。

飛呀！飛呀！小飛俠！在那天空邊緣拚命的飛翔。看看他多麼勇敢，多麼堅強。為了正義，他要消滅敵人；為了公理，他要奮鬥到底。飛呀！飛呀！小飛俠！衝呀！衝呀！小飛俠！我愛小飛俠偵探團，我愛小飛俠偵探團，多勇敢呀！小飛俠！

永遠的小飛俠偵探團留

光陰的故事系列：06

我是科學小飛俠

作　　者◇劉日義
出 版 者◇培育文化事業有限公司
執行編輯◇禹金華
社　　址◇22103 新北市汐止區大同路三段一九四號九樓之一
　TEL （○二）八六四七—三六六三
　FAX （○二）八六四七—三六六○
總 經 銷◇永續圖書有限公司
劃撥帳號◇18669219
地　　址◇22103 新北市汐止區大同路三段一九四號九樓之一
　TEL （○二）八六四七—三六六三
　FAX （○二）八六四七—三六六○
　E-mail yungjiuh@ms45.hinet.net
　網　址 www.foreverbooks.com.tw
法律顧問◇中天國際法律事務所　涂成樞律師　周金成律師
出 版 日◇二○一一年五月

國家圖書館出版品預行編目資料

我是科學小飛俠/ 劉日義. -- 初版. --
新北市：培育文化，民100.05
面：　　公分. --（光陰的故事系列：6）
ISBN 978-986-6439-54-4（平裝）
859.6　　　　　　100003906

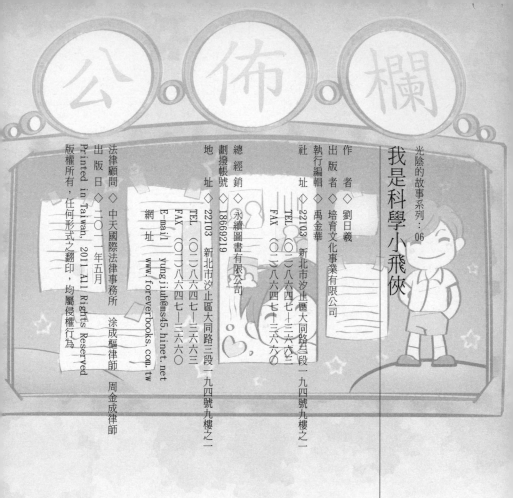

培育文化讀者回函卡

謝謝您購買這本書。

為加強對讀者的服務，請您詳細填寫本卡，寄回培育文化；並請務必留下您的E-mail帳號，我們會主動將最近〝好康〞的促銷活動告訴您，保證值回票價。

書　　名：**我是科學小飛俠**

購買書店：＿＿＿＿市／縣＿＿＿＿＿＿書店

姓　　名：＿＿＿＿＿＿＿＿生　　日：＿＿年＿＿月＿＿日

身分證字號：＿＿＿＿＿＿＿＿＿＿＿＿＿＿

電　　話：(私)＿＿＿＿＿(公)＿＿＿＿＿(手機)＿＿＿＿＿

地　　址：□□□－□□

　　　　：＿＿＿＿＿＿＿＿＿＿＿＿＿＿＿＿

E-mail：＿＿＿＿＿＿＿＿＿＿＿＿＿＿＿＿

年　　齡：□20歲以下　□21歲～30歲　□31歲～40歲　□41歲～50歲　□51歲以上

性　　別：□男　□女　　婚姻：□單身 □已婚

職　　業：□學生　□大眾傳播　□自由業　□資訊業　□金融業　□銷售業　□服務業　□教職　□軍警　□製造業　□公職　□其他＿＿＿＿

教育程度：□高中以下(含高中)　□大專　□研究所以上

職位別：□負責人　□高階主管　□中級主管　□一般職員　□專業人員

職務別：□管理　□行銷　□創意　□人事、行政　□財務　□法務　□生產　□工程　□其他＿＿＿＿

您從何得知本書消息？

□逛書店　□報紙廣告　□親友介紹

□出版書訊　□廣告信函　□廣播節目

□電視節目　□銷售人員推薦

□其他＿＿＿＿＿＿＿＿＿＿

您通常以何種方式購書？

□逛書店　□劃撥郵購　□電話訂購　□傳真　□信用卡

□團體訂購　□網路書店　□其他

看完本書後，您喜歡本書的理由？

□內容符合期待　□文筆流暢　□具實用性　□插圖生動

□版面、字體安排適當　□內容充實

□其他＿＿＿＿＿＿＿＿＿＿

看完本書後，您不喜歡本書的理由？

□內容不符合期待　□文筆欠佳　□內容平平

□版面、圖片、字體不適合閱讀　□觀念保守

□其他

您的建議：＿＿＿＿＿＿＿＿＿＿＿＿＿＿＿＿

＿＿＿＿＿＿＿＿＿＿＿＿＿＿＿＿＿＿＿＿＿

剪下後請寄回「22103新北市汐止區大同路3段194號9樓之1培育文化收」

請用膠帶黏貼

廣 告 回 信
基隆郵局登記證
基隆廣字第200132號

221-03

新北市汐止區大同路三段194號9樓之1

培育文化事業有限公司

編輯部　收

請沿此虛線對折免貼郵票，以膠帶黏貼後寄回，謝謝！

為你開啟知識之殿堂